KB119403

문학이 필요한 시간

문학이 필요한 시간

정여울 산문

다시 시작하려는 이에게,

끝내 내 편이 되어주는

이야기들

한겨레출판

일러두기

- 외국 인명, 지명, 작품명은 국립국어원 외래어표기법을 따르되 몇몇 경우는 관용적 표기를 따랐다.
- 장편소설, 서명 등은 《 》로, 단편소설, 편명, 노래, 영화 등은 〈 〉로 묶었다.
- 본문 가운데 번역 인용문의 출전을 따로 밝히지 않은 경우는 저자가 원문을 직접 옮긴 것이다.

나에게 빛이 되어준 세상 모든 이야기의 힘

"선생님은 처음부터 자존감이 높은 사람처럼 보여요."

나에게 고민을 털어놓던 한 젊은이가 이런 말을 했지요. 나는 소스라치게 놀라 말했습니다.

"아니, 제 자존감은 지하 100만 킬로미터로부터 간신히 여기까지 끌어올린 거예요."

사실 저는 자존감이 높은 사람이라고 생각해 본 적이 없었거든요. 다만 제 자존감을 얻기 위한 투쟁이 지하 100만 킬로미터쯤, 한없이 낮고 또 낮은 곳에서 시작된 것만은 알고 있었습니다. 그녀가 스무 살 때의 나를 봤다면, '저 사람은 자존감이 참으로 낮구나'라며 안타까워했을 것입니다.

돌이켜 보면 끝을 모르던 자존감의 바닥에서 나를 구해준 것은 문학의 힘이었습니다. 이를테면 아침에 일어날 이유를 찾을 수 없어 괴로운 날에는 《빨간머리 앤》의 아침 예찬이 저를 구해주었습니다. 아름답지 않은 곳에서 평생 버려진 채 살아왔던 고아 소녀 앤은 마릴라가 자신을 입양하지 않으리라 생각하고 절망에 빠진 채 잠이 들었지요. 하지만 일어나자마자 태어나 처음으로 눈부신 아침 풍경을 발견합니다. 다시 버려질 것 같은 두려움도 잊고, 앤은 마릴라에게 재잘거립니다. 이런 날 아침이면 세상을 향한 사랑이 마구 샘솟는다고. 시냇물의 웃음소리가 여기까지 들린다고. 시냇물은 너무나 명랑한 나머지, 어디서나 깔깔거린다고. 한겨울에도 얼음장 아래서 깔깔거리는 애들이 바로 시냇물이니. 이 집에 살지도 못할 거면서 왜 시냇물에 신경을 쓰냐고 하겠지만, 빨간머리 앤에겐 이 시냇물이 소중합니다. 다시는 이 시냇물을 볼 수 없을지라도, 초록색 지붕집에 시냇물이 흐른다는 것을 평생 기억하며 살고 싶기 때문이지요.

앤의 느닷없는 아침 예찬에 얼이 빠진 마릴라는 상상은 그만두고 어서 옷이나 입으라고 퉁명스레 대꾸합니다. 하지만 이미 앤의 미칠 듯이 달콤한 수다가 마치 보이지 않는 투명 거미줄처럼 마릴라를 포획해 버린 뒤입니다. 농장 일을 가르치기 위해 남자아이를 입양하려 했던 매튜와 마릴라의 굳은 결심을 바꾼 것은 앤의 끝없이 펼쳐지는 이야기보따리였지요. 그 사랑스러운 이야기보따리가 고아 소녀의 운명을 바꾼 것입니다. 빨간머리 소녀 앤의 이 거침없는 표현력은 어디서 나온 것일까요. 고아 소녀 앤의 유일한 친구는 바로 책이었습니다. 어디에도 기댈 곳이 없었던 앤에게 시와 소설이 주는 엄청난 표현력과 상상력의 힘은 고난을 버티게 해줄 내적 에너지가 되어줍니다. 모든 기쁨이 사라진 세계에서 앤을 견디게 해준 것은 바로 문학이 선물하는 상상의 힘, 공감의 힘, 이야기의 힘이었던 것이지요. 저도 빨간머리 앤처럼 내가 가지지 못해서 안타까운 모든 것들, 현실에서는 발견할 수 없었던 '마음 둘 곳'을 문학 속에서 발견하곤 했습니다.

제 마음을 둘 곳은 정해진 한 사람이 아니라 모든 존재들의 '사이'였습니다. 문학은 내게 '사이에 존재하는 법'을 알려주었습니다. 고통과 나 사이, 사람과 사람 사이, 슬픔과 기쁨 사이, 현재와 과거 사이에 존재하는 법을 알려주었습니다. 현재의 나에만 집착하면 결코 보이지 않는 것들을, 저는 모든 존재의 '사이'에 존재함으로써 보고 듣고 깨달을 수 있었습니다. 사이에 존재하면 방황조차도 고유의 에너지가 있다는 것을 알게 됩니다. 나로서만 존재하면 오직 내 욕망만 우선하게 되지요. 타인으로만 존재하면 나를 돌볼 수 없습니다. 우리는 나와 타인 사이에 존재함으로써 더 풍요로운 세상과 접촉할 수 있는 힘을 얻습니다. 나만의 시선으로 보이지 않는 것들, 타인만의 시선으로 보이지 않는 것들에 놓인 수많은 연결과 공감의 끈들을 발견하여 고통을 버텨낼 수가 있습니다.

또한 사이에 존재한다는 것은 날카롭게 둘로 나누어진 세계 사이에서 매개자가 되는 것을 의미합니다. 확고하게 그저 나, 우리, 아군으로만 존재하는 것보다 더 유연하고 사려 깊은 방식으로 갈등을 중개할 수 있습니다. 모두가 양극단으로 날카롭게 대립하고 있는 세상에서 매개자가 되고 균형추가 되어주는 존재가 되고 싶었습니다. 바리데기처럼 산 자와 죽은 자의 가운데, 그 사이에서 존재하는 법을 배우고 싶었습니다. 오디세우스처럼 인간과 신 사이에서 그 다리를 놓아주는 존재가 되고 싶었습니다. 빨간머리 앤처럼 집이 없는 존재와 집이 있는 존재들 사이의 영원한 간극을 메워주는 따스한 메신저가 되고 싶었습니다.

성공을 향한 집착을 끊어내고, 타인의 고통에 공감하고 연대하는 삶을 꿈꾸게 해준 것도 문학의 힘이었습니다.《작은 아씨들》에서는 자칫 꽉 막히고 이기적인 사람처럼 보이던 로렌스 씨가 이웃집 네 자매들과의 만남을 통해 본래의 다정한 미소를 되찾는 이야기가 나옵니다. 로리의 할아버지 로렌스 씨는 자매들 중에서도 유독 베스의 허약한 몸과 뛰어난 피아노 연주가 마음에 걸렸습니다. 로렌스 씨는 딸이 연주하던 피아노를 베스에게 선물합니다. 그것은 그냥 선물이 아닙니다. 오랫동안 세상을 향해 마음의 창을 닫고 살았던 로렌스 씨와 로리에게 가장 필요한 것은 돈이 아니라 바로 사랑스러운 이웃집 소녀 베스의 피아노 연주 소리, 다정한 네 자매의 해맑은 웃음소리였기 때문입니다.

작은 아씨들의 집과 로리네 집 사이에는 바로 이렇게 서로를 향해 무한히 열린 사랑이 살아 숨 쉬고 있습니다. 두 가족은 서로 너무 달랐기에 이웃들은 '조 마치네가 로리네 집 재산을 노린다'는 악평을 일삼았지만, 그 누구도 감히 이 두 가족 사이에서 피어난 진정한 우정과 환대의 아름다움을 파괴할 수 없었습니다. 전쟁터에서 부상을 당한 아버지를 간호하러 가기 위한 차비가 없어 대고모님께 돈을 빌리러 가야 하던 날. 조는 부잣집 친척에게 돈을 빌리는 것이 너무 치욕스러워서 자신의 아름다운 머리카락을 과감하게 잘라 팔아서 눈물겨운 차비를 마련해 옵니다. 조의 짧아진 머리를 부둥켜안고 온 가족이 펑펑 울며 서로의 사랑을 확인하던 날. 그런 격렬한 사랑은 로렌스 씨와 로리가 한 번도 경험한 적이 없었던 사랑, 세상의 모든 돈을 다 퍼주어도 결코 바꿀 수 없는 사랑입니다.

《작은 아씨들》의 네 자매가 사는 집처럼, 결코 학교가 아니지만 모든 장소에서 뜨거운 배움과 가르침의 열기가 느껴지고, 결코 병원이 아니지만 매일 누군가의 아픔을 치료해 주는 따스한 손길이 있는 곳. 자선단체가 아니지만 매일 어디선가 빈곤과 아픔에 시달리는 사람들을 지극정성으로 보듬어 주고 어루만져 주는 환대의 미소가 넘치는 곳. 그곳이 바로 '문학이 있는 자리'가 아닐까요.

내 안의 모든 치유의 말들이 고갈된 듯한, 텅 빈 느낌에 가슴이 시려오는 요즘입니다. 상처 입은 사람의 마음을 어루만지는 문학과 심리학을 평생 공부했지만 결정적인 상황에서는 그 모든 공부가 와르르 무너지는 느낌에 막막해집니다. 그럼에도 저는 결코 포기하지 않을 것입니다. 슬픔에 빠진 당신이 내 손을 뿌리치고 싶어 해도, 저는 절망으로 얼어붙은 당신의 차가운 손을 끝까지 붙들고 있겠습니다. 우리가 부디 조 마치네 가족들처럼 어떤 고통스러운 상황에서도 서로를 끝까지 붙드는 따스한 손을 놓지 않았으면 좋겠습니다. 이럴 때일수록 우리를 그동안 버티게 해온 모든 시간과 장소와 언어의 힘을 필사적으로 끌어모아, 서로를 돌보고 보살펴야 합니다. 제가 간직한 모든 생의 온기를 끌어모아, 깊은 슬픔의 늪에서 홀로 흐느끼는 당신의 어깨를 꼭 보듬어 주고 싶습니다.

내가 알고 있는 모든 지식을 동원해도 타인은 물론 나 스스로조차도 돌보지 못할 때가 있습니다. 내가 알고 있는 세상이 와르르 무너지는 느낌이 들 때, 가족에게는 차마 내 나약함을 보여줄 수 없을 때. 나의 평범한 일상 바깥에서 나를 아무 기대 없이 바라봐줄 누군가의 간절한 응원이 필요합니다. 내 익숙한 세상 바깥의 응원, 그것이 바로 제게는 문학이었습니다. 현실에서는 허락되지 않는 통곡이 이 세상 모든 이야기들의 파라다이스, 문학 속에서는 가능했습니다. 문학작품을 읽을 때, 저는 적어도 아무런 꾸밈도 치장도 필요 없는 '그냥 나 자신'이 될 수 있었으니까요. 문학이 필요한 시간은, 이곳에서는 마음껏 울어도 괜찮은 시간, 이곳에서는 마음껏 세상을 향해 소리쳐도 되는 시간을 꿈꾸는 모든 이들을 위한 시간입니다. 우리가 미처 표출하지 못한 모든 슬픔과 분노와 열정과 희망이, 바로 이 시간, 문학이 필요한 시간을 통해 비로소 힘찬 날갯짓을 시작하기를 바랍니다.

추신.

깊은 괴로움을 나눌 소울메이트는 굳이 필요하지 않다는 나의 친구 L에게 이 책을 바칩니다. 그래도 나는 친구가 필요해요. 그리고 당신이 필요해요. 내 모든 글쓰기는 친구를 찾기 위한 몸짓입니다. 당신에겐 내가 필요 없겠지만 나는 당신이 필요하답니다.

차례

4부

내 안의 외계어를 지키는 일

5부

잃어버린 모모의 시간을 찾아서

문득 삶이라는 폭주 기관차가 낯설어질 때

"우리 마음속에는 모든 것을 다 알고 모든 것을 원하고 우리 자신보다 모든 것을 더 잘 해내는 누군가가 살고 있어."

내가 힘들 때마다 마치 주머니 속 비상약을 꺼내 먹는 환자처럼 늘 되뇌는 문장이다. 헤세의 《데미안》에서 내가 가장 아끼는 문장이기도 하다. 이런 문장에는 어떤 외부 에너지도 필요 없이 영원히 운동할 수 있는 상상의 발전기가 달린 것 같다. 생각만 해도 저절로 힘이 나고, 떠올리기만 해도 다시 살아갈 용기를 얻는 문장이다. 이 문장을 생각하면 아무리 힘든 순간에도, 숨도 제대로 쉴 수 없을 것처럼 막막한 순간에도 영혼의 숨통이 트이는 느낌이다. 눈에 보이는 나 자신이 초라해질 때, 남들에게 보여주어야 하는 내 사회적 가면을 치장하는 일이 참으로 고될 때 우리에게는 눈에 보이지 않는 또 하나의 나, 우리 마음 속에서 영원히 스스로를 지켜주는 또 하나의 나가 필요하다. 나보다 훨씬 지혜롭고 강인한 또 하나의 나가 길을 잃고 휘청이는 내 손을 붙들어 준다.

문학 속에서 멘토를 찾는다는 것은 철부지 소년 싱클레어가 위대한 현자 데미안을 만나 마침내 그의 영혼을 자기 존재 속으로 완전히 스며들게 하는 과정과 닮았다. 내가 평생 사랑한 수많은 문학작품은 마치 싱클레어의 친구 데미안처럼 내 무의식 깊숙한 곳에 스며들어 어느 것이 원래 나인지 어느 것이 문학으로부터 스며든 에너지인지 알 수 없는, 경계 불분명의 상태가 된다. 나와 타인의 경계, 나와 문학의 경계가 지워지는 이 순간이 미치도록 좋다. 내가 문학작품을 읽고, 생각하고, 작품 속 주인공들과 보이지 않는 대화를 나누며 고민을 털어놓는 동안 내 안에는 수많은 타인이 옹기종기 모여 살며 마치 자기들끼리 아름다운 마을을 이루는 듯하다.

나는 모든 텍스트에 스민 타자의 에너지를 흡수하여 내 것으로 만들면서 그 빛나는 공감의 에너지로 독자의 마음을 어루만지는 글을 쓰고 싶다. 동네 악동에게 괴롭힘을 당하던 연약한 소년 싱클레어가 자기 안의 두려움을 꿰뚫어 보는 존재 데미안을 만나 마침내 자신뿐 아니라 타인을 치유하는 존재, '상처 입은 치유자wounded healer'가 되듯이. 영원한 멘토 데미안이 세상을 떠날 때 오히려 싱클레어는 어느 때보다도 눈부신 생동감으로 데미안을 만난다. 데미안의 육신이 세상에 없어도 거울을 보고 데미안을 간절히 부르면 거울에 비친 자기 모습이 또 하나의 데미안임을 이제는 온몸으로 알기 때문이다. 그렇게 우리 마음속에서 절실하게 말을 거는 '또 하나의 나'를 따스하게 끌어안을 때 우리는 비로소 더 나은 존재로 힘차게 비상한다. 이것이 바로 에고(Ego, 사회적 자아)와 셀프(Self, 내면의 자기)가 하나 되는 순간, 개성화individuation의 순간이다. 에고를 화려하게 치장하고 홍보하느라 너무 황폐해진 현대인은 바로 이렇게 또 하나의 셀프, 자기 안의 데미안과 만나야 한다. 그래야만 어떤 순간에도 자기 안에서 치유의 에너지를 발견하는 내적 자원을 창조할 수 있다.

인생이라는 것이 '내가 선택해서 탄 기차'가 아니라는 생각이 들 때는 파스칼 메르시어의 《리스본행 야간열차》에서 울리는 내면의 기적 소리를 들어본다. 학생들에게 고전문헌학을 가르치며 그야말로 '학교'와 '집'밖에는 오갈 줄 몰랐던 그레고리우스가 비 오는 날 강가에서 추락사할 뻔한 여인을 구해준다. 여인은 살아나자마자 마치 무엇에 단단히 홀린 듯한 표정으로 남자의 이마에 알 수 없는 숫자를 기록한다. 이 기이한 인연이 마음을 완전히 사로잡았고, 그는 그녀의 행방을 추적한다. 급기야 그는 아무에게도 알리지 않고 충동적으로 리스본행 야간열차를 타고 만다. 이 이야기가 '구해준 자'와 '구원받은 자'의 로맨스로 번지지 않고 포르투갈의 혁명가 프라두의 일대기를 따라가는 또 하나의 모험이 된 것이 내게는 더욱 절묘하고 기품 있게 다가왔다. 주인공은 로맨스를 꿈꾸기보다 '지금까지와는 다른 삶'을 꿈꾼 것이기에. 지금껏 살아온 시간과 전혀 다른 삶을 꿈꾸고 실현하기 위해서는 어느 날 갑자기 아무에게도 말하지 않고 떠날 용기가 필요할지도 모른다. 나는 이 문장을 읽는 것만으로도 이미 '리스본행 야간열차'에 탄 듯 강렬한 기시감을 느낀다.

> 우리가 우리 안에 있는 것들 중에 오직 작은 부분만을
> 살아낼 수 있다면, 그 나머지는 어떻게 되는 것일까.

이 문장은 심장을 꿰뚫는 날카로운 화살처럼 내 영혼을 부서뜨렸다. 그런데 영혼이 산산조각 나는 그 느낌이 참으로 시원

했다. 그리고 내게는 이 문장이 던지는 화두가 '문학은 왜 여전히 우리에게 필요한가'라는 질문에 대한 아름다운 대답처럼 들린다. 우리 안에 1000개의 가능성이 있다면 수많은 사람이 그중에 10개도 제대로 실현하지 못한 채 세상을 떠나야 한다. 그 나머지 990개의 가능성은 어떻게 되는 것일까. 십중팔구 미처 세상의 빛을 보지 못하고 안타깝게 사라져 버리지 않겠는가. 우리는 환경이 어렵다는 이유로, 재능이 부족하다는 이유로 우리 안에 숨 쉬고 있는 1000개의 가능성을 하루하루 버리며 살아간다. 문학은 그 '나머지'의 소중함, 990개의 아름다운 꿈을 일깨운다. 세상에 나오지도 못하고 안타까이 사라져 가는 모든 잠재적 가능성이 곧 우리 자신임을 문학은 끊임없이 일깨운다. 그리하여 마침내 '지금까지와는 다르게 살아갈 권리'를 깨닫게 하는 존재가 바로 문학이 아닐까.

《리스본행 야간열차》를 읽고 있으면 내 안에서 "이제 너는 다르게 살아도 돼, 지금까지 살아온 삶에 너무 매달리지 마"라고 속삭이는 또 하나의 나를 발견하는 느낌이다. 어쩌면 목적지가 어디인지도 모른 채 무작정 기차를 타고 떠나는 충동적인 여행을 한 번도 하지 못한 나 자신을 질책하는 것 같기도 하다. 스물아홉 살 겨울 그동안 '여행은 사치'라는 생각 때문에 꿈도 꿀 수 없었던 유럽 배낭여행을 시작하고, 10년 후에 첫 번째 여행기를 쓰기까지 나는 처음으로 '내가 나답지 않아도 좋은 시간들'의 아름다움을 배웠다. 나답게 산다는 것이 곧 '남들이 살라는 대로' 사는 것과 거의 동의어이던 시절, 타인이 '나다움'이라고 생각하는 이미지에 걸맞게 페르소나를 연기하던 시절 나는 지금의 내가 아니었다. '열정페이'의 터널이 언제 끝날지 모르던 시절, 인문대생에게 허락되는 거의 모든 아르바이트를 다 해도 '과연 내가 공부를 계속할 수 있을까'라는 질문에 대답하기 힘들던 시절, 문학의 동아줄이 나를 붙들어 주지 않았다면, 나는 작가가 되지 못했을 것이다.

나는 문학을 통해 내 안의 잃어버린 가능성과 만난다. 어쩌면 잃어버린 줄도 몰랐던 나 자신의 일부를 만나고, 100년을 살아도 분명 경험으로는 알아내지 못할 삶의 또 다른 진실을 섬광처럼 깨닫는다. 나는 문학의 담장을 낮추고 싶다. 문학이 내게 주었던 크고 깊고 따스한 힘을 더 많은 사람과 나누고 싶기 때문이다. 《피터 팬》을 다시 읽을 때마다 나는 '좀처럼 아이 같지 않던 과도하게 조숙한 어린 시절'을 아프게 기억하고, 피터 팬과 그 친구들처럼 철딱서니 없이 진정으로 '이제라도 뒤늦게 조금은 아이다울 수 있는 시간'을 되찾는다. 《폭풍의 언덕》을 읽을 때는 내가 한 번도 완전히 빠져본 적 없는 정열적인 사랑, 꿈꾸었지만 이룰 수는 없었던 광기 어린 사랑에 빠져본다. 닿을 수는 없지만 꿈에서라도 닿고 싶은 어떤 이상적인 감정. 감당할 수 없는 누군가와 완전히 하나가 되는 눈부신 꿈을 꿔본다.

장엄한 아름다움 앞에 서면 일상의 모든 번민으로부터 벗어난다. 뉴욕의 현대미술관 모마 MoMA에서 만난 모네의 〈수련〉은 관객들을 일순간 숙연하게 만든다. 박경리의 《토지》나 빅토

르 위고의 《레 미제라블》을 완독했을 때의 먹먹함처럼. 장엄한 아름다움은 일순간 모든 고통으로부터 우리를 해방시켜 준다. 삶이라는 폭주 기관차에서 잠시 내려선 이 느낌이 좋다.

이런 모든 다채로운 상상과 난데없는 감정이입이 '나만의 편협한 삶'에 갇혀 있는 나를 구원해 준다. 1인분의 삶에 갇힐 위험에 빠진 비좁은 삶의 울타리를 뛰어넘어, 더 커다란 나, 더 깊고 복잡한 나, 마침내 '나'를 뛰어넘어 또 다른 타인들과 접속하는 새로운 나를 만들어갈 무한한 가능성이 문학 속에 꿈틀거리고 있다. 문학의 담장을 허물어 버리고 그곳에 아름다운 문학의 놀이터를 만들어, 누구나 밑그림을 그리고, 색칠하고, 덧칠하고, 함께 만들어갈 수 있는 문학이란 이름의 거대한 공동체적 벽화를 그리고 싶다. 문학이 아직 너무 멀고, 거창하고, 심오하고, 다가가기 힘든 그 무엇으로 느껴지는 당신에게 문학은 그런 것이 아니라고 웃으면서 함께 이야기를 시작하고 싶다.

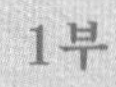

1부

다시 인생을 시작하려는 마음

잃어버렸지만
포기할 수 없는 것들을 향하여 한 걸음

〈톨킨〉

영원히 잃어버린 것들을 하염없이 쓰다듬는 시간이 있다. 잃어버린 것들을 차마 생각하지 않으려 의식은 몸부림치는데 무의식은 자꾸 "네가 잃어버린 것들을 절대 잊지 마"라고 속삭이는 것만 같다. 잃어버린 우정과 사랑의 기억들, 되찾을 수 없는 시간의 파편들, 후회되지만 절대로 바꿀 수 없는 과거, 영원히 돌아올 수 없는 머나먼 길을 떠난 아름다운 사람들. 이런 그림자도 없는 실체들이 밤이 되면 더욱 또렷한 이미지로 떠올라 마음속에서 그야말로 무엇으로도 지휘하거나 통제할 수 없는 불협화음을 연주한다. 그럴 때 나는 문학작품을 읽는다. 그리하여 다시 보지 못할 존재를 향한 속절없는 그리움이 나만의 것이 아님을 깨닫는다. 그렇게 문학작품을 핑계로 실컷 울어야만 비로소 가라앉기 시작하는 슬픔의 얼굴을 본다.

아무리 세상의 모든 아침과 눈부신 희망을 노래하는 작품일지라도 문학의 상징적 시간은 항상 밤 같다. 모든 잃어버린 것들을 되새기며 홀로 슬퍼하는 밤이야말로 문학에 가장 어울리는 시간이니까. 낮에는 의식의 적극적인 활동이 생을 움직이게 한다면, 밤에는 낮에 풀어내지 못한 무의식의 억눌린 열망이 미처 이승을 떠나지 못한 서글픈 원혼처럼 다시 돌아온다. 그 억눌린 목소리는 바로 우리가 잃어버렸지만 결코 잊을 수는 없는 과거의 절규, 혹은 망자의 흐느낌이 아닐까. 우리에게는 이런 잃어버린 존재들을 보살피고 쓰다듬을 마음자리가 필요하다. 상실의 빈자리를 다독이는 일은 결코 쓸데없는 에너지 낭비가 아니다. 상실의 아픔을 되새기는 과정을 통해 우리는 분명 더 크고 깊은 존재로 성장한다. 잃어버린 것들을 애도하는 문학의 힘을 통해 우리는 더욱 알록달록한 세상의 차이들을 품어 안는 존재가 된다. 문학을 통해 나는 잃어버린 사랑과 사람과 세계를 되찾는다. 애도는 단지 수동적인 슬픔의 표현이 아니라 떠나간 자들이 미처 만들지 못한 세상을 남아 있는 사람들이 마저 완성해 내는 끝없는 혁명의 몸짓이기도 하다.

문명화를 거부한 원시 부족들의 사례는 상실에 대한 애도야말로 인류의 근원적 열망임을 보여준다. 사랑하는 사람이 죽으면 당사자 혼자만이 아니라 전체가 몇 년간 애도 기간을 가진 부족도 있고, 젊은 여인이 단지 실연당했다는 이유만으로 마을 사람 모두 그가 실연의 아픔을 딛고 새로운 사랑을 찾을 때까지 함께 슬퍼해 준 옛 부족의 이야기도 있다. 상실이라는 트라우마를 보듬고 쓰다듬는 것이 인간에게 얼마나 큰 마음자리를 차지하는지 알 수 있다.

사랑하는 오빠의 죽음을 애도하기 위해 목숨까지 걸어야 했던 안티고네의 슬픔이야말로 수천 년의 간극을 뛰어넘어 절절히 이해할 수 있는 원초적 상실의 고통이다. 소포클레스의 비극 《안티고네》는 내게 머나먼 옛이야기가 아니라 생생한 현재의 이야기로 다가온다. 평생 누군가를 보살피고 돌보기만 하다 결국 자기 자신을 지켜내지 못하는 안티고네에게 버럭 화가 나다가도 그녀가 겪어야 했던 무시무시한 상실의 트라우마를 생각하면 어쩔 수 없이 그녀가 몸을 던진 바로 그 아픔에 더 공감하게 된다.

어머니 이오카스테에 이어 아버지 오이디푸스마저 여의고 누더기처럼 갈래갈래 찢긴 마음으로 고향에 돌아왔을 때, 오빠들까지 정치적 이유로 서로 싸우다 죽은 사실을 알게 된 안티고네. 안티고네는 독재자가 된 크레온이 장례조차 금지하여 오빠의 시신이 까마귀밥이 될 위기에 처한 것을 두고 볼 수 없었다. 국법으로 금지된 장례를 안티고네는 기어이 홀로 치르고야 만다.

> 나는 그를 내 손으로 묻어줄 거야. 그로 인해 내가 죽더라도, 그 죽음은 복될지니.

그를 묻어주면 사형에 처하리라는 왕명까지 어기고 안티고네는 사랑하는 오빠의 죽음을 혼자라도 슬퍼할 권리를 지켜냄으로써 독재자의 서슬 퍼런 권력에 숨죽여 신음하던 테베의 민중에게 진정 떳떳한 삶이 무엇인지를 일깨운다. 이 이야기는 사랑하는 사람들을 너무 일찍 잃어버린 한 소녀가 죽음을 불사하고 지키고자 했던 권리, 즉 사랑하는 사람의 상실을 슬퍼할 인간의 처절한 권리를 일깨운다.

애도를 위한 집단의 원시적 제의가 사라진 지금 현대인은 문학작품으로 그 잃어버린 제의의 빈자리를 메우고 있는지도 모른다. 나는 영화 〈톨킨〉(2019)을 보면서 기대하지 않은 수확을 얻었다. 영화에 대한 사전 정보가 없어 그저 톨킨이라는 위대한 작가에 대한 오마주 같은 작품이 아닐까 짐작했다. 그런데 더 중요한 테마가 숨겨져 있었다. 톨킨의 친구 제프리는 사랑을 잃고

실의에 빠져 있는 톨킨에게 말한다.

> "누군가를 향한 사랑이 일방적일 수밖에 없다면, 얼마나 괴롭겠니. 그런데 시인의 눈에는 그런 사랑만이 가진 아름다움이 보이지. 현실의 장벽으로 인한 때가 묻지 않은 그런 사랑. 언제나 처음처럼 깨끗하고 강렬한 것이 그런 사랑의 아름다움인 거야."

이토록 따스한 시인의 위로를 받은 톨킨은 다시 떨쳐 일어나 사랑을 찾고 글을 쓰기 시작할 힘을 얻었다. 내 못남과 어리석음을 다 알면서도 그 모자람조차 나를 더 사랑해 줄 이유로 바라보는 누군가가 있다면 그런 친구를 평생 어떻게 한순간인들 잊을 수 있겠는가. 나는 톨킨의 천재적인 언어 감각이나 신화에 대한 놀라운 지식을 영웅적으로 묘사한 영화를 상상했는데 이 영화는 고아나 다름없이 외롭게 자란 톨킨을 둘러싼 친구들의 우정이 얼마나 아름다웠는지를 보여주고 있었다. 그래서 더욱 감동적이었고, 그래서 더욱 가슴이 아팠다.

제프리는 불타는 연애를 경험하여 사랑을 아는 것이 아니라 시인의 눈으로 세상을 바라보았기 때문에 사랑을 알고 있었다. 전쟁으로 모두가 고통받고 전쟁으로 수많은 사람이 사랑하는 이를 잃었을 때, 앞날을 전혀 예측할 수 없는 절망의 시간에 문학은 더욱 의미가 있다. 내가 지친 마음의 닻을 내리고 내 안의 결핍과 갈망과 그리움의 크기를 어림짐작해 보는 것은 전적으로 문학의 힘 덕분이다. 이토록 앞날을 예측하기 힘든 불안의 시대에야말로 한 사람의 영웅에게 스포트라이트를 비추는 것이 아니라 그를 둘러싼 수많은 사람의 또 다른 영웅적 용기를 이야기하는 문학의 언어가 소중하게 느껴진다. 스스로를 한없이 작다고 생각하는 사람들이 뜻하지 않은 우정을 통해 자신의 숨겨왔던 눈부신 가능성을 깨닫는 이야기. 나는 이런 이야기를 사랑한다.

문학은 우리가 오래전에 잃어버린 것들을 바로 지금 여기로 끊임없이 생생하게 불러오는 힘이 있다. 그것이 우리가 제주 4·3을, 1980년 광주를, 세월호를 문학의 거울을 통해 끊임없이 되새겨야 하는 이유다. 우리가 그날의 아픔을 또렷이 기억하는 한 책임자들은 영원히 그 죄책감으로부터 도망치지 못할 것이며, 떠난 이들은 영원히 우리 가슴속에 살아 있을 것이다. 문학은 잃어버린 시간을 끝내 보듬고 부둥켜안고자 하는 그 모든 상처 입은 자들의 마지막 보루다. 문학은 우리를 결코 잊어서는 안 되는 그 시간 속으로 초대하여 이야기의 반딧불로, 은유와 상징의 횃불로 우리의 상처 입은 마음을 치유한다.

잃어버린 존재들을 끊임없이 되새기는 일은 결코 부질없

는 시간 낭비가 아니다. 그들과 함께해야만 나는 진정 나일 수 있었으므로. 그때 그 사람과 함께하지 않았더라면 나는 결코 지금의 나일 수 없을 것이므로. 영원히 잃어버린 존재들을 문학의 반딧불로 비춰보는 시간, 그것이야말로 소중한 존재들을 기억의 찬란한 무대로 부활시키는 힘이다. 나는 잠 못 이루는 밤 꺼지지 않는 등잔처럼 내 곁을 밝혀주는 문학을 통해 매 순간 발견한다. 상실을 통해 부서지고 무너지는 것이 아니라 상실을 통해 더 깊고 크고 아름다운 존재가 되어가는 인간의 아름다움을.

미켈란젤로의 미완성 작품 〈론다니니의 피에타〉. 성모 마리아가 이미 쓰러진 예수를 일으키려 애쓰는 것도 같고, 곧 쓰러지려는 예수를 온몸으로 지탱하고 있는 것 같기도 하다. 영원히 내 품에서 떠날 자식임을 알면서도 놓아버릴 수 없는 어머니의 그칠 줄 모르는 사랑이 가슴을 울린다.

프로메테우스,
매일매일 고통을 이기는 희망

《사슬에 묶인 프로메테우스》

고통이 한계점에 다다랐을 때 내게 말을 거는 인물이 있다. 바로 프로메테우스다. 이 이상은 못 견디겠다 싶을 때 프로메테우스는 내게 다가와 말을 건다. 넌 아직 더 갈 수 있어. 네가 꿈꾸는 곳으로 가려면 아직 멀었어. 하지만 참 많이, 참 멀리 네 힘으로 걸어왔구나. 조금만 더 힘을 내렴. 넌 반드시 네가 꿈꾸는 그 세계를 향해 끝까지 걸어갈 수 있어. 프로메테우스는 내게 그렇게 속삭인다. 내가 이제는 정말 지쳐버렸다고, 이제 그만 좀 쉬고 싶다고, 포기하고 싶다고 외칠 때마다. 프로메테우스는 내 손을 붙잡아 자기 갈비뼈 아래에 가져다 대며 미소 짓는다. 여기를 봐. 난 여전히 피 흘리고 있어. 오늘도 독수리가 다녀갔거든. 독수리에게 매일 간을 쪼아 먹히면서도 고통에 찬 비명 한 번 지르지 않는 프로메테우스의 강인함이 그렇게 나를 번쩍, 일깨운다.

나는 가끔 그에게 묻는다. 후회하지 않느냐고. 인간들은 너에 대한 고마움조차 모른다고. 네가 제우스에게서 불을 훔친 이유 따위 다들 잊어버렸다고. 아무도 네 고통을 제대로 기억하지 못한다고. 인류는 신화를 잊었고, 신화는 상품 브랜드를 표현하는 상업적인 목적으로만 이용된다고. 프로메테우스는 웃으며 말한다. 내 이름이 프로메테우스잖아. 먼저 깨달은 자. 미래를 보는 자. 이미 모든 것을 다 아는 자. 프로메테우스는 이렇게 될 줄 모두 알면서도 그렇게 했다. 제우스가 보낸 독수리에게 매일 간을 쪼아 먹히고, 또 그 고통이 행여 끝날세라 다음 날 아침 또다시 간에 새살이 돋아나는 형벌을 받을 줄 알면서도 제우스의 명을 거스르고 인간에게 불을 주었다. 불은 문명의 원천이 되었고, 우리가 매일 누리는 과학과 의학과 예술, 그 모든 것의 발전을 혁명적으로 바꾸어놓았다. 모두가 그를 잊을 줄 알면서도 그는 자신의 모든 것을 바쳐 인간에게 불을 남겼다. 제우스의 저주를 충분히 예상하면서도. 프로메테우스의 이야기를 떠올릴 때마다 나는 내게 필요한 용기의 뿌리를 깨닫는다. 신화는 그렇게 내가 가장 고통받을 때마다 가장 절실히 필요로 하는 용기를 준다.

누가 신화는 그저 먼 옛날의 허구라고, 이제 실효성이 떨어졌다고 말했는가. 나에게는 그렇지 않다. 신화를 읽고, 신화를 살아내려는 사람들에게 신화는 결코 침묵하지 않는다. 신화를 읽고 기억하기만 하면 된다. 그러면 신화는 우리 무의식 깊은 곳에 꿈의 씨앗을 뿌리고, 그 씨앗은 우리가 살아 있는 한평생 매일 조금씩 자라나 마르지 않는 상상력의 아름드리나무 숲을 이룬다. 신화의 숲이 이룬 문학의 오솔길을 걸을 때면 나는 전혀 두렵지 않다. 두려움보다 더 커다란 용기가 나를 지켜주기 때문이다. 최고 권력자 제우스의 협박에도 결코 무릎 꿇지 않은 프로메테우스의 용기가, 감히 인간이 신의 재능을 엿봐서는 안 된다고 믿었던 아테나의 질투에도 굴하지 않았던 아라크네의 패기가 나를 지켜준다.

길을 잃어 괴로울 때, 아무에게도 이 길만은 물을 수 없다는 생각이 들 때, 그때가 바로 내 안의 신화와 만나는 순간이다. 인터넷 검색을 통해 그냥 줄거리만 잠깐 아는 것으로는 신화가 말을 걸어오지 않는다. 제대로 읽어야 한다. 오비디우스의 《변신 이야기》를 읽으면 더욱 좋겠지만 그 고풍스러운 문체가 버겁다면 불핀치의 《그리스 로마 신화》를 읽어도 좋다. '정보'와 '이야기'는 끝내 다르기 때문이다. 효율적으로 요약하여 안 신화의 줄거리는 단순한 정보이기에 우리에게 진정으로 따스한 말을 걸어오지 않는다. 이야기로 읽는 신화는 그 문장으로, 그 생생한 표정과 뉘앙스로 마치 살아 있는 사람처럼 우리에게 말을 걸어온다. 어떤 지식이든 살아 움직이는 이야기의 형태로 전달되었을 때 진정한 힘을 발휘한다. 신화는 건조한 정보로 아는 것이 아니라 살아 펄떡이는 이야기로 읽어야만 한다. 앎에 그치는 신화가 아니라 삶으로 침투하는 신화를 살아내야 한다.

내가 프로메테우스를 사랑하는 이유는 모진 고통을 초인적인, 아니 초신적인 인내로 이겨냈기 때문만은 아니다. 그에게는 최고 권력자 제우스조차 말리지 못한 무언가가 있었다. 사랑이었다. 인간에 대한 사랑. 어쩌면 연민. 어쩌면 부러움. 영원히 살지만 그 무엇도 새롭지 않은 신들과 달리 인간은 미래에 대해 아무것도 모르기에 모든 것이 새롭다. 프로메테우스는 인간의 그 끝없는 새로움을 부러워했을지도 모른다. 인간은 일분일초가 새로우며, 하루는커녕 1초 뒤의 비극도 예상하지 못한다. 바로 그 '한없는 무지'가 프로메테우스의 연민을 자아내지 않았을까. 프로메테우스는 인간을 사랑했다. 인간에 대한 사랑 때문에 신의 도리를 저버린 프로메테우스의 위대한 범죄 덕분에 우리는 불을 사용하고, 의학을 발전시키고, 과학을 손에 거머쥐었으며, 걸핏하면 신의 자리를 넘보는 마성의 두뇌를 갖게 되었다.

나는 프로메테우스의 한없는 인내심만큼이나 그의 가없는

사랑을 닮고 싶다. 한 명의 인간을 특별히 사랑한 것이 아니라 인간이라는 한없이 취약한 존재 자체를 사랑한 드넓은 마음을 부디 닮고 싶다. 제우스는 오늘도 자신을 속이고 인간에게 신을 뛰어넘을 무기를 안겨준 프로메테우스를 미워할 것이다. 하지만 프로메테우스는 제우스의 분노에도 아랑곳하지 않고 독수리에게 간을 쪼아 먹히는 쓰라린 아픔을 감내하며 환하게 미소 지을 것이다. 아이스킬로스의 비극《사슬에 묶인 프로메테우스》에서 그는 간을 쪼아 먹히면서도 고통받는 타인의 아픔을 걱정했다. 언젠가는 당신의 고통이 분명 끝날 것이라고. 이오를 사랑한 제우스에 대한 분노로 화풀이를 하는 헤라의 눈을 피해 온 세상을 헤매던 이오의 마지막 유랑지인 이집트에 다다르면 고통이 그치게 될 것이라고. 프로메테우스는 그렇게 고통의 한가운데서도 눈부신 통찰과 따스한 조언을 그치지 않는다.

고통 속에서 지혜를 발휘하기란 하늘의 별 따기보다 어려운 일이다. 독수리의 날카로운 부리에 생살을 뜯기는 고통과 치욕을 견디면서도 프로메테우스는 평정과 침착을 잃지 않았다. 따스한 연민과 지혜로운 공감의 힘을 잃지 않았다. 나도 프로메테우스를 닮고 싶다. 신화 속 인물들이 뿜어내는 멈추지 않는 사랑과 지혜의 힘으로 내 앞의 장애물들을 극복하고 싶다. 아이스킬로스의 말처럼 깨우침에는 반드시 고통이 따르는 법이지만 지혜는 우리가 절망에 빠졌을 때조차, 우리가 원하지 않을 때조차 신들의 위대한 은총으로 우리에게 다가오니까. 나는 너무 멀게만 느껴져 결코 내 것 같지 않던 신화가 바로 현재의 이야기, 우리의 삶, 지금 나의 고민과 연결되어 있음을 온 힘을 다해 알리는 메신저가 되고 싶다. 내가 신화를 통해 매일 얻고 있는 풍요로운 삶의 자양분을 꼭 당신에게도 전하고 싶다.

프로메테우스는 인간도 아니고 신도 아닌 자리, 괴물도 아니고 영웅도 아닌, 그러나 그 모든 것이기도 한 고통스러운 경계의 자리에 서서 여전히 저 높은 올림포스의 하늘이 아닌 저 낮은 인간들의 땅을 바라보고 있을 것이다. 그토록 고생해서 훔쳐 준 '불', 즉 문명이라는 위대한 가능성을 재앙으로 바꾸어버리는 우리 인간의 어리석음 때문에 프로메테우스는 오늘도 고통스럽지 않을까. 나는 독수리에게 간을 쪼아 먹히는 고통보다도 우리 인간이 문명의 불씨를 제대로 사용하지 못해 고통스러워하고 있을 프로메테우스의 눈물을 닦아주고 싶다. 자신의 아픔보다도 신과 인간 사이의 '균형 잡기'를 위해 목숨을 건 프로메테우스, 신과 인간 사이의 불평등을 끝장내기 위해 인생을 건 프로메테우스의 용기가 나를 울린다.

문학작품을 진정으로 이해한다는 것은 모든 이야기 속 인물들이 허구임을 알면서도 '지금 살아 있는 우리의 이야기'로 승화시켜 살아낼 줄 안다는 것이다. 그리하여 우리는 단지 신화를 읽는 것이 아니라 신화를 살아내야 한다. 신화를 살아낸다는 것, 그것은 신화 속 올림포스 신들처럼 멋지고 영웅적으로 살아내는 것만은 아니다. 신화를 살아낸다는 것, 그것은 신화 속 인물들이 받았던 고통의 의미를 되새기며, 나에게 그런 고통이 다가왔을 때 그 고통을 이겨낼 힘을 기르는 일이다. 내 안에 꿈틀거리는 작은 신화의 씨앗에 물을 주기 위해 나는 매일 조금씩 고통을 참는 연습을 한다. 이제 고통이 엄습할 때마다 스스로에게 속삭인다. 나를 몸부림치게 했던 모든 고통은 프로메테우스의 아픔에 비하면 아직 멀었다고. 신화를 살아낸다는 것, 그것은 고통을 뛰어넘는 자만이 다다를 수 있는 눈부신 운명을 향해 전진하는 것이다. 우리 무의식에 너무 깊숙이 뿌리박혀 아무도 빼앗아 갈 수 없는 신화의 힘과 지혜가 당신을 지켜주기를.

끝이 보이지 않는 팬데믹의 고통에서 우리를 구해주는 것은 따스한 유머와 다정함의 언어들이 아닐까. 파리의 한 서점에는 저토록 사랑스러운 안내문이 있다. 마스크를 꼭 착용하고 들어오라는 안내문마저 귀엽고 유머러스하다. 귀여운 여인의 얼굴 위에 휴지로 작은 마스크를 만들어 붙여놓은 모습이 어찌나 앙증맞은지. 그 옆에 마르셀 프루스트가 우리를 향해 은근히 손짓한다. 이런 순간을 만날 때마다 나는 미소 짓는다. 웃으며 깨닫는다. 숨 쉬듯 익숙해지는 고통을 뛰어넘는 가장 아름다운 무기는 유머라는 것을. 고통을 이겨내고 매일 다시 태어나는 프로메테우스의 미소는 신화 속에만 있는 것이 아니라 이토록 평범한 우리 일상 속에도 존재한다.

모든 것이 끝난 듯한 순간 비로소 보이는 것

《디센던트》

모든 걸 잃어버릴 위기에도 우리가 절대 잃지 말아야 할 가치는 무엇일까. 희망의 조짐이 좀처럼 보이지 않는 상황에서도 끝까지 잃지 말아야 할 마음의 화두는 무엇일까. 백척간두의 상황에 내몰린 민주주의의 앞날을 걱정하는 뉴스들을 매일 접하고, 촛불집회의 인파 속에서 시민들과 함께 구호를 외치고 걸으면서 내 안에 아프게 솟아오른 질문이었다. 진보와 개혁을 위한 단 한 발자국을 내딛는 일조차 이토록 힘겨운 사회에서 평생 살아오며 간신히 배운 것이 있다. 고통의 한가운데를 통과할 때는 도무지 희망이 보이지 않지만 지금 가장 고통스러운 이 순간조차 시간이 흐르면 더 나은 세상을 향해 나아가는 큰 그림의 일부였음을 깨닫게 된다는 점이다. 시시포스의 끝나지 않는 노동처럼 오직 참혹한 고통의 무한 반복으로 보이는 상황 속에서도 우리가 절대 잊지 말아야 할 것은 어떤 경우든 단 1밀리미터의 진보도 포기해서는 안 된다는 믿음이다. 희망은 그것을 결코 포기하지 않는 사람들에게만 주어지는 눈부신 축복이므로.

조지 클루니 주연의 영화로도 만들어진 카우이 하트 헤밍스의 소설《디센던트》를 읽으면서 나는 모든 희망이 다 끝난 것처럼 보이는 순간에 비로소 발견되는 생의 가치를 생각했다. 아내 조애니가 보트 경주 사고로 혼수상태에 빠져 소생 가능성이 없어지자 남편 맷은 두 딸아이를 홀로 보살피며 아내의 다가오는 죽음을 준비해야 할 위기에 처한다. 며칠 전만 해도 환하게 웃으면서 아직 당신을 사랑한다고 고백하던 아내가 병원 침대에 누워 죽음의 날만 기다리는 모습을 바라봐야 하는 남편은 억장이 무너져 내린다. 설상가상으로 한창 사춘기 소녀의 무시무시한 반항이 무엇인지를 온몸으로 생중계하고 있는 큰딸이 폭탄선언을 한다. 엄마가 다른 남자와 사랑에 빠진 것을 알고 있다고. 가족을 지킨다는 한 가지 생각으로 일에 빠져서 살아온 지난 시간이 한꺼번에 부정당하는 느낌, 그 현기증을 세상 누구에게도 설명할 수 없다. 이 기막힌 아픔을 나누고 싶은 진정한 소울메이트는 아내뿐인데 아내는 생과 사의 경계를 서성이며 존재에서 비존재를 향한 무참한 여정을 떠나버렸다.

아내가 사경을 헤매는 와중에 맷은 깊은 질투와 분노를 느낀다. 아내가 사랑한 다른 남자는 과연 누굴까. 맷은 작별 인사조차 하지 못한 채 코마에 빠진 아내의 상태도 감당하기 어려운 상황에서 아내가 다른 사람을 사랑했다는 또 하나의 가혹한 진실과 대면해야 한다. 알고 보니 아내에게 다가간 남자는 집안에 내려오는 엄청난 면적의 땅을 매각하는 일과 관련하여 맷을 통해 한몫 단단히 챙기려는 부동산업자 브라이언이었다. 그는 계획적으로 맷의 아내에게 접근했다.

결코 해결하지 못할 것처럼 보이는 문제들이 한꺼번에 몰아칠 때 그 한계 상황에서 오히려 맷은 강인해진다. 땅을 투자자에게 매각하면 엄청난 돈을 벌어들일 수 있다. 십중팔구 그 아름다운 하와이 땅은 샅샅이 파헤쳐지고 리조트나 위락시설이 들어설 것이다. 맷의 가족이 쌓아온 수많은 추억 또한 흔적 없이 사라질 것이다. 아내의 죽음이 눈앞으로 다가오자 비로소 그동안 간신히 틀어막고 살았던 생의 빈틈들이 적나라하게 보이기 시작한다. 맷은 가정을 지키기 위해 온 힘을 쏟으며 사는 것으로 일중독을 합리화했지만 어쩌면 가정이 아닌 자기 일자리만 지킨 것은 아닐까. 돈을 버는 일에 지쳐 남편으로서의 사랑, 아버지로서의 사랑, 삶에 대한 사랑을 표현하지 못했다. 아내의 코마 상태라는 엄청난 트라우마를 겪기 전까지 그는 하와이 땅을 언젠가는 팔아야 할 재산으로 생각했다. 막대한 교환가치를 지닌, 미래 자산으로서만 의미가 있었다. 그러나 다가오는 아내의 죽음 앞에서 홀로 키워야 할 딸들의 미래, 자신이 아내 없이 살아가야 할 그 수많은 나날이 전과는 다른 빛깔로 처연하게 반짝이는 것을 느낀다. 그는 최악의 상황 속에서 최선의 가치를 발견해야 한다. 그것은 아내가 죽어도 아내를 향한 사랑은 남는다는 사실이었다. 그리고 아내가 사라져도 그 분신인 딸들과의 소중한 미래는 사라지지 않는다는 사실이었다.

작품 초입에서 냉담하고 무미건조하게만 보이던 맷은 시간이 지날수록 매력적인 주인공이 되어간다. 맷은 트라우마를 겪은 이후 오히려 전보다 더 아름다운 사람으로 성장한다. 트라우마 이후의 성장post-traumatic growth을 보여주는 인물인 셈이다. 모든 것이 끝나버린 듯한 파국의 순간 비로소 자신이 진정으로 지켜야 할 것이 무엇이었는지 깨달을 때가 있다. 열심히 돈을 벌고 자기 일을 지키는 것이 가장의 역할이라고 믿었던 맷은 일에 빠져 사느라 얼마나 많은 것을 놓치고 살았는지 알게 된다.

브라이언의 아내가 남편의 불륜에 앙갚음하듯, 조애니를 용서한다는 명목으로 병원을 찾아왔을 때 맷은 건강미 넘치는 브라이언의 아내가 죽어가는 자기 아내를 바라보는 모습에서 깊은 고통을 느낀다. 코마 상태일지라도 아내가 아직 살아 있는 한 그에게는 반드시 해야 할 일이 남아 있었다. 아내의 존엄을 지켜야 한다. 그는 갑자기 아내와 예전보다 더 격렬한 사랑에 빠진 것 같은 느낌에 사로잡힌다. 죽어가는 사람 앞에 꼿꼿이 서서 마치 단죄하듯, '너보다는 내가 훨씬 우월한 존재야!'라고 주장하듯 측은한 표정으로 아내를 굽어보는 여자 앞에서 맷은 말한다. 내 아내가 원래 이렇진 않다고. 그 말 속에는 많은 것이 생략되어 있다. 내 아내는 원래 건강하고 아름답고 멋진 사람이라고. 당신의 선심 쓰는 듯한 용서를 받을 만큼 굴욕적인 대우를 받을 사람이 아니라고. 마침내 그는 깨닫는다. 아내가 죽는다 해도 그는 아내와 함께한 시간을, 아내가 남긴 모든 인연의 흔적들을 소중히 지켜야 함을.

그는 가족들의 몰이해로부터도 아내를 지켜야 한다. 다른 남자와 바람을 피웠다고 엄마를 격렬하게 증오하는 딸아이의 분노로부터 아내를 지켜주고 싶어진다. 장인은 앞장서서 맷을 비난한다. 자네가 제대로 된 보트를 사주기만 했어도 사고는 일어나지 않았을 거라고, 자네가 아내에게 더 많은 돈을 썼더라면 내 딸이 이렇게 되지 않았을 거라고. 맷은 너무 화가 난 나머지 아내가 다른 남자와 바람을 피웠다고 말할 뻔했지만 성숙하게 분노를 참는다. 장인어른의 말씀이 다 맞다고, 자신이 다 잘못했다고 인정한다. 죽어가는 딸 앞에서 말도 안 되는 분노를 쏟아내는 장인을 오히려 감싸주고 이해하려 한다. 그 순간 우리

아빠를 혼내지 말라고 할아버지에게 간청하는 딸들의 모습을 바라보며 맷은 처음으로 아이들과 진정으로 가까워진 느낌, 딸들에게 처음으로 인정받은 아버지가 된 느낌을 받는다. 마침내 맷은 조상 대대로 물려받은 땅을 팔지 않기로 결정한다. 혼수상태에 빠진 아내가 비록 말은 할 수 없지만 자신의 결정을 좋아할 것이라고 생각하며. 그는 아이들에게 '돈'이 아니라 이 가족의 '역사'와 '추억'을 물려주기로 한다.

그는 아내의 죽음 앞에서 비로소 딸들을 사랑하는 법을 배운다. 아내가 돌이킬 수 없는 상처를 남겼는데도 아내의 죽음 앞에서도 변치 않은 아내에 대한 사랑을 발견한다. 그리고 자신을 놀라게 한 운명을 앞질러 누구도 예상치 못한 삶을 살기로 결심한다.

"삶이 나를 놀라게 했지만 나 또한 삶을 놀라게 해줄 거야."

그는 아내에게 마지막 입맞춤을 하며 작별 인사를 건넨다. 내 사랑, 잘 가요. 나의 벗이자 고통이자 나의 기쁨이었던 당신, 이젠 안녕. 아내는 그를 배신했지만 그럼에도 그는 아내가 자신에게 가장 소중한 존재임을 결코 부정할 수 없다. 아내는 평생의 사랑이자 세상에서 가장 친밀한 벗이었으며, 그에게 가장 아픈 고통을 준 존재였지만 끝내 그의 찬란한 기쁨이었다.

맷은 모두가 낙원이라고 여기는 하와이에 살면서도 그 낙원의 아름다움을 느끼지 못하는 냉혹한 일중독자였다. 이곳 사람들은 모두 하와이에 산다는 것 자체가 행운이며 이곳이 최고의 낙원이라고 생각한다. 하지만 그는 낙원이고 뭐고 다 필요없고 '뒈져버려라'라고 하고 싶을 때가 있단다. 그러나 이제 트라우마의 터널을 온몸으로 통과한 그는 자신만의 새로운 낙원을 창조하기 위해, 엄청난 자산 가치가 있는 집안 땅을 팔지 않기로 한다. 그는 최악의 상황 속에서 오히려 잃어버린 시간, 잃어버린 삶, 그리고 잃어버린 사랑을 되찾는다. 우리에겐 최악의 상실 속에서 최선의 아름다움을 찾아낼 힘이 있다. 모든 것이 끝난 듯 보이는 순간 오히려 더 환하게 떠오르는 생의 진실이 있다. 사랑이 끝나도 추억은 사라지지 않는 것처럼, 존재가 사라져도 그 의미는, 그 향기는 사라지지 않는다.

밀라노의 어느 무더운 여름날, 그날은 모든 일정이 꼬였다. 이렇게 도무지 되는 일이 없는 날도 있구나 싶었다. 유난히 서럽고 쓸쓸해진 기분으로 숙소를 향해 터벅터벅 걸어가는데 이토록 아름다운 장면과 만났다. 뒷모습마저 아련하게 어여쁜 커플의 다정한 모습이 잃어버린 미소를 되찾게 해주었다. 이 세상 어디에도 속하지 못하는 기분이던 그날 "당신은 이곳에 있을 자격이 있다The space you deserve"라는 메시지가 내게 선물 같은 안식을 주었다. 그래, 난 이곳에 있어도 되는구나. 일이 풀리지 않는다고 해서 이곳에서 쫓겨난 것은 아니구나. 아무리 힘겨운 날이라도, 난 여기 있으니까, 여기 있다는 것만으로도 그저 충만해지자. 스스로를 위로하며 아름다운 골목길을 걸었다.

오이디푸스왕은 오이디푸스 콤플렉스가 없다

《오이디푸스왕》

시시각각 다가오는 불행을 피할 길이 전혀 없다면 과연 어떻게 해야 할까. 불행의 내용도 정확히 알고, 불행의 대가도 정확히 아는데 피할 방도가 전혀 없다면. 우리는 과연 어떤 선택을 할 수 있을까. 《오이디푸스왕》은 바로 그런 치명적인 딜레마에 빠진 인간의 처절한 모험을 그린다. 오이디푸스에 대한 세간의 풍문은 너무 많아 오히려 오이디푸스를 제대로 이해하는 데 커다란 방해가 된다. 오이디푸스는 저주받은 인간, 이 세상 온갖 불행이란 불행은 골고루 타고난 인간, 지지리도 운이 없는 인간이라는 풍문이 대표적 오해다.

오이디푸스는 그런 사람이 아니다. 그는 끔찍한 출생의 비밀을 타고났지만 저주만이 그의 정체성은 아니었다. 그는 테베 역사상 가장 뛰어난 통치자였고, 누구도 풀지 못하던 스핑크스의 수수께끼를 풀어낸 첫 번째 인간이었으며, 그 유명한 출생의 비밀을 알기 전까지 '저주받은 인간'이라기보다는 '모든 것을 다 가진 사람'이었다. 흔들림 없는 왕권과 행복한 가정, 눈에 넣어도 아프지 않을 자녀들, 누구도 부정할 수 없는 뛰어난 지성과 강건한 육체, 게다가 백성들의 사랑까지. 그에게는 없는 것이 없었다. 완벽한 인간이 존재한다면 바로 오이디푸스가 그런 사람이었다. 가공할 출생의 비밀을 알기 전까지 운명은 정확히 그의 편이었다. 소포클레스는 단순히 저주받은 인간의 비극을 그리려던 것이 아니라 이렇게 모든 것을 다 가졌음에도 끝내 자신에게 닥친 단 하나의 불행을 피하지 못한 한 인간의 치열한 선택을 그리고 싶었던 것이 아닐까.

오이디푸스를 이해하기 위해서는 아버지 라이오스가 저지른 치명적인 악행을 먼저 마주해야 한다. 라이오스의 유년 시절은 평탄치 못했다. 아버지가 일찍 죽고 아직 소년인 라이오스를 대신해 섭정을 맡은 사람은 외할아버지 닉테우스의 형제 리코스였다. 마음 둘 곳이 없어진 라이오스는 펠롭스의 아들 크리시포스와 친해진다. 제우스가 푹 빠질 만큼 잘생긴 크리시포스를 향한 라이오스의 소유욕이야말로 진정한 비극의 시작이었다. 라이오스는 크리시포스를 강간하는 끔찍한 죄를 저지르고, 치욕을 견디지 못한 크리시포스는 죽고 만다. 이때부터 오이디푸스의 저주는 시작된다. 크리시포스의 아버지 펠롭스는 아직 태어나지도 않은 라이오스의 아들 오이디푸스에게 저주를 내림으로써 끔찍한 비극의 복수를 기획한 것이다. 펠롭스는 라이오스가 아들을 낳으면 그 아들이 아버지를 죽일 것이라고 저주한다. 라이오스는 어떻게든 저주를 피하고 싶어 아들을 낳자마자 잔인하게 버리고 저주의 여파가 자신의 삶에 털끝만치도 미치지 않도록 조심, 또 조심하며 살아간다. 아들이 죽은 줄로만 알고 '이제 날 죽일 사람은 없다'고 위안하며 지내던 라이오스는 여행 중 만난 낯선 남자 오이디푸스의 분노를 자극하여 죽임을 당한다. 라이오스의 수행원이 오이디푸스의 말을 칼로 찔러 죽이자 오이디푸스가 분노를 이기지 못해 라이오스 일행을 살해한 것이다. '내가 가는 길을 가로막을 사람은 아무도 없어야 한다'라는 생각을 마음 깊이 내면화한 사람처럼 오만하기 이를 데 없는 라이오스는 그 누구에게도 결코 길을 양보하지 않다가 이런 화를 당한 것이 아닐까.

단 하나의 장애물 라이오스가 사라지자 오이디푸스의 삶은 승승장구의 연속이었다. 스핑크스의 수수께끼를 풀었고, 테베의 왕이 되었으며, 이오카스테와 함께 단란한 가정을 이루었다.

하지만 테베에 무시무시한 전염병이 돌면서 오이디푸스의 시련이 시작된다. 전염병으로 점점 폐허가 되어가는 테베를 구하기 위해 오이디푸스는 라이오스의 저주를 풀기로 한다. 라이오스왕을 죽인 살인자가 테베에 있어 전염병이 물러가지 않는다는 신탁을 해결하기 위해 라이오스왕 살해자를 찾기 시작했고, 시신조차 없는 살인 사건의 수수께끼를 그 엄청난 지성의 힘으로 또 한 번 풀어낸다. 그러나 그토록 저주하던 라이오스 살해자가 자신임이 밝혀지자 비극은 걷잡을 수 없이 퍼져나간다. 조금 전까지 남편 오이디푸스와 다정하게 이야기 나누던 이오카스테가 실은 아들과 결혼하여 자식을 낳았음을 깨닫고 자결한 것이다.

오이디푸스는 사랑하는 아내이자 드디어 찾은 생모를 끌어안고 울부짖으며 이오카스테의 옷에서 황금핀을 빼내 자신의 두 눈을 미친 듯이 찌른다. 오이디푸스가 꿈꾸는 모든 사랑의 유일한 해답이었을 이오카스테. 비극의 무게를 견디지 못한 이오카스테의 시신을 안고 피를 철철 흘리는 오이디푸스의 모습은 오랫동안 내 머릿속을 맴돌았다. 그의 눈에서 피가 흘러넘쳐, 두 사람이 마침내 한 몸이 되어 흘리는 핏줄기만 같았다.

아내이자 어머니인 이오카스테를 부여안고 오이디푸스는 그렇게 자신에게 쏟아지는 비극의 화살을 온몸으로 다 맞으며 고통의 핵심을 맨얼굴로 대면한다. 결코 부모로 삼아서는 안 될 사람들에게서 태어났고 결코 혼인해서는 안 되는 사람과 혼인

했으며 결코 죽여서는 안 될 사람을 죽이고 말았다고. 그는 비극의 전모를 명명백백하게 파악하고도 그 비극으로부터 도망칠 생각을 하지 않는다. 언제든 도망칠 수 있었지만 어디로도 도망치지 않았다. 비극의 전모가 밝혀지기 전에 사태를 덮어버릴 수도 있었으나, 진실을 은폐하지 않았다. 오이디푸스는 비극의 진흙탕 속에 온몸을 던져 모든 비극의 화살을 홀로 맞으려 한다. 이 비극의 끔찍한 역설은 아버지를 죽이고 어머니와 결혼하는 참사의 주인공이 오이디푸스라는 사실에서 끝나지 않는다는 점이다. 그 이후의 비극은 오이디푸스 스스로의 다짐과 약속 때문이었다. 라이오스왕을 죽인 자는 반드시 테베에서 추방해야 하고, 누구도 그를 집 안에 들이지 못하며 어떤 사람도 그에게 말을 걸어서는 안 된다는 것. 오이디푸스 스스로가 내건 '약속'이었다. 테베에 무서운 전염병이 돌아 수많은 시민이 죽자 오이디푸스는 모든 것이 '라이오스의 저주' 때문이라는 신탁을 듣고 그 저주의 책임자를 처벌해야겠다고 판단한 것이다. 그는 죽음이라는 가장 확실한 도피의 길을 택하지 않았다. 살아서 비극의 의미를 견디는 길을, 살아서 비극의 의미를 매일매일 헤아리는 길을 택했다.

그는 혼자 비극의 결말을 온전히 짐 지고자 했지만, 결코 혼자가 아니었다. 딸이자 누이이자 마지막 친구인 안티고네와 이스메네가 눈먼 아비를 끝까지 지켜준다. 안티고네와 이스메네는 오이디푸스와 함께 유리걸식하고 함께 치욕을 견디며 그들을 향해 날아드는 세상의 돌팔매를 함께 맞아주었다. 그를 파괴한 것은 아버지 라이오스스의 망가진 삶이었지만, 그를 끝내 지켜준 것은 딸들의 변함없는 사랑이었다. 그를 파괴한 것은 사랑해선 안 될 사람에 대한 사랑이지만, 그를 지켜준 것은 끝내 사랑이었다. 그리고 그는 끝까지 고통을 피하지 않음으로써 한 인간의 존엄을 지켜냈다. 오이디푸스는 위대한 인간의 추락을 그린 이야기가 아니다. 추락의 운명에도 불구하고 끝내 자기 삶을 지켜낸 자의 용기에 관한 이야기다. 나에게 아무런 잘못이 없음에도 내 부모가 저지른 죄마저 끌어안은 한 위대한 인간의 이야기다.

내가 꿈꾸는 새로운 오이디푸스는 자신의 가장 치명적인 그림자와 대면하는 커다란 용기를 지닌 사람이다. 그는 마지막까지도 고결한 품성을 잃지 않는다. 억울하다고 절규하지도 않고, 자신을 조금만 봐달라고 누구에게도 요구하지 않는다. 오히려 크레온에게 자식들을 부탁하면서 나는 기꺼이 추방당하겠으니 아이들을 보살펴 달라는 간곡한 메시지를 남긴다. 오이디푸스는 마지막까지 따스한 아버지의 정을 잊지 않는다. 소포클레스가 우리에게 보여주는 인간의 위대함은 비극을 피하는 영리한 기술을 갖춘 영웅이 아니라 피할 수 없는 비극에도 불구하고 그 비극의 주인공이기를 포기하지 않는 인간, 운명의 가장 어두운 그림자마저 온전히 자기 책임으로 받아들이는 한 인간의 눈부신 용기가 아닐까.

그는 운명을 피하지 않았다. 그 운명이 세상에서 가장 추악한 것일지라도. 오이디푸스는 불행에 굴복한 자도, 지지리도 운이 없는 자도 아니었다. 내 안의 그림자와 싸워 마침내 그 그림자의 어둠이 보여주는 극한까지 걸어간 초인적 인간, 신의 도움 없이 오직 인간의 힘으로 운명의 길을 개척한 용감한 존재였다. 오이디푸스는 오이디푸스 콤플렉스를 지닌 자가 아니다. 그는 자신이 책임지지 않아도 되는 운명의 빚까지 모두 스스로 짐 지고 머나먼 길을 떠난 지독히도 쓸쓸하고 끝내 아름다운 인간이었다.

보스턴 미술관에서 귀스타브 카유보트의 〈욕탕의 남자〉를 바라보는 소년. 소년의 눈빛에는 경외감이 가득했다. 나도 이다음에 크면 저렇게 커다랗고 튼튼한 몸이 될까 궁금한 눈치였다. 우리 조카들의 꿈도 하나같이 '아빠보다 크고, 힘세고, 멋진 남자'가 되는 것이라고 한다. 오이디푸스 콤플렉스는 여전히 논란이 많은 개념이지만 아버지를 끝내 넘어서고 싶은 자식의 마음만은 예나 지금이나 다르지 않다.

회복하는
사랑에 대하여

《잉글리시 페이션트》

모든 희망이 다 사라진 뒤에도 무언가를 다시 시작할 수 있을까. 어떤 억울함도 분노도 없이 모든 것을 다시 시작할 수 있을까. 내 이런 질문에 이 작품은 너무도 해맑고 다정하면서도 수줍은 미소를 지으며, '그렇다'고 속삭인다. 마이클 온다치의《잉글리시 페이션트》는 도저히 치유될 것 같지 않은 무시무시한 상처를 끌어안고 사는 사람들의 이야기다. 동시에 모든 상처와 절망의 시간에도 불구하고 도무지 지상에서는 불가능할 것 같은 아름다운 사랑을 실천하는 사람들의 이야기이기도 하다.

제2차 세계대전 막바지 무렵 이탈리아 북부의 버려진 수도원. 전쟁으로 폐허가 된 수도원에서 치명적인 전신 화상으로 죽어가는 영국인 환자, 그를 놀라운 인내력으로 돌보는 스무 살 간호사 해나, 연합군 스파이였던 도둑 카라바지오, 폭탄 처리 전문가이자 시크교도인 공병 킵이 모여 산다. 그들에게 이 수도원은 기묘한 편안함을 주는 은신처다. 전쟁은 아직 끝나지 않았지만 이 수도원은 버려진 폐허이기에 아무도 관심을 두지 않는다.

신원 미상의 영국인 환자는 살아 있는 것이 신기할 만큼 심각한 화상을 입어 얼굴을 알아볼 수 없는 상태이지만 의료용 모르핀 없이는 하루도 견딜 수 없는 상황에서도 침착하게 고통을 이겨내고 있다. 전쟁의 포화로 약혼자가 사망한 뒤 모든 희망을 잃은 해나는 공식적인 간호사 업무를 거부하고 홀로 수도원에 남아 이 신원 미상의 영국인 환자를 보살피기로 결심한다. 죽은 약혼자에 대한 끝나지 않은 사랑을 간직한 채 세상 밖으로 나가기를 거부하는 해나를 보며 카라바지오는 소리친다. 고작 스무 살밖에 안 된 여인이 유령을 사랑하기 위해 세상을 버리다니! 카라바지오는 해나를 걱정하며 말한다. 너는 슬픔으로부터 스스로를 보호해야 한다고. 슬픔은 증오에 가까운 감정이라고. 하지만 해나는 얼굴도 이름도 없는 가망 없는 영국인 환자를 치유하며 자기 안에 새로운 희망이 싹트기 시작함을 느낀다. 슬픔은 눈물로 젖어버린 마음에 피어나는 곰팡이처럼 보이지만, 실은 말라붙은 토양에 내리는 단비처럼 해나의 메마른 감성을 어떻게든 살아 있도록 버티게 하는 힘이었다.

난청까지 겪고 있는 영국인 환자는 온몸에 화상을 입은 채 죽어가면서도 '마음의 눈'만은 생생하게 뜨고 있다. 그래서 한눈에 알아본다. 온 힘을 다해 자신을 돌보고 있지만 사실 해나는 의사보다 환자에 가깝다는 것을. 죽은 약혼자를 잊지 못한 해나는 우리 둘 다 유령을 사랑하고 있다며 영국인 환자와 자신의 공통점을 알아챈다. 해나에게 이 영국인 환자를 살리는 것은 무너진 자기 삶을 주춧돌부터 다시 세우는 일이며, 자신을 한 번도 제대로 돌본 적 없는 가난한 시골 소녀가 자기 대신 선택한 또 하나의 분신을 죽을힘을 다해 돌보는 눈물겨운 몸짓이기도 하다. 영국인 환자는 죽음을 앞두고 자기 이야기를 털어놓기 시작한다.

환자의 본래 이름은 알마시. 그가 여전히 사랑하는 유령은 자기 때문에 죽음을 피할 수 없었던 여인 캐서린이었다. 영국지리학회의 탐사 작업 도중 리비아 사막에서 만난 두 사람은 시시각각 밀려드는 전쟁의 공포 속에서도 영원히 끝나지 않을 것만 같은 사랑을 나눈다. 알마시는 캐서린의 목 아래 우묵한 부위를 '보스포루스 해협'이라 부르는데 그곳은 세상 모든 고통으로부터의 피난처이기도 했다. 전쟁의 광포함으로부터, 세상의 차가운 시선으로부터 도망칠 수 있는 유일한 피난처. 캐서린의 '흉골상 절흔'은 이루어질 수 없는 사랑에 빠진 여자의 유일무이한 고유성의 상징이 아니었을까. 그토록 사랑하던 캐서린이 사막 한가운데서 비행기 사고로 조난당했고, 알마시는 맨몸으로 사막을 무려 120킬로미터나 걸어 영국군에게 구조를 요청하지만 끝내 연인을 구하지 못한다. 모든 것을 걸고 사랑했지만 지켜주지 못한 여인 캐서린을 가슴에 품은 채 알마시는 서서히 죽어간다. 그에게는 캐서린 없는 삶 자체가 죽음보다 더 가혹한 형벌이기에.

《잉글리시 페이션트》의 주인공들은 세상의 잔혹한 폭력으로부터 도망쳐 은신하는 사람들처럼 보인다. 문제는 그렇게 숨어 살면 세상의 무서움과 추악함뿐 아니라 눈부신 아름다움으로부터도 소외된다는 점이다. 놀라운 것은 모든 아름다움과 추악함으로부터 완전히 도망쳐 살아가는데 그 버려진 폐허 속에서 또 다른 생의 아름다움이 탄생한다는 점이다. 이름마저 숨기고 삶에 대한 희망을 모두 놓아버렸지만 자신을 향한 해나의 헌신적인 보살핌으로 마지막 이야기의 불꽃을 피워 올리는 알마시. 세상 모든 슬픔으로부터 도망쳐 단 한 명의 이름 모를 화상 환자를 지키겠다는 일념으로 낯선 나라의 폐가에서 은둔하는 해나. 신출귀몰한 솜씨로 온갖 장소에 교활하게 숨겨진 지뢰를 찾아내며, 전쟁을 일으킨 유럽인들에 대한 증오심을 안고 살아가는 공병 킵. 도둑이자 스파이라는 복잡한 과거를 간직했지만 자신이 그토록 의심하고 혐오하는 영국인 환자에게 점점 연민과 공감을 느끼는 카라바지오. 모두가 지극한 공포와 폐허 속에서도 마침내 살아갈 희망을 찾는다. 필사적으로.

그들은 한사코 사랑과 희망과 행복으로부터 도망치지만 폐허가 되어버린 수도원에서도 새로운 희망과 사랑과 행복은 별처럼 반짝인다. 나를 지키기 위해 저마다 감당해야 했던 전쟁의 상처로부터 도망쳐 왔는데 또 하나의 더 큰 전쟁이 기다리고 있음을 깨닫는다. 고통에서 스스로를 구하는 치유의 전쟁. 치유는 서로를 향해 총탄을 발사하는 전쟁보다 힘겨운 또 하나의 마음속 전쟁이다. 하지만 괴로워하는 환자를 향한 돌봄과 보살핌에 온몸을 던지면 어느새 내 몸도 마음도 치유되는 기적 같은 구원도 찾아온다.

진정으로 남을 보살필 결심을 한 자는 한평생을 건다. 어떤 치유의 약속도 없는 곳에서, 어떤 회복의 기미도 없는 곳에서, 그들은 자기 생을 건다. 그리하여 기약 없는 돌봄 속에 진정한 치유를 발견한다. 자기 행복 따위는 완전히 포기하고 어떻게든 이 이름도 사연도 모르는 영국인 환자를 살리려는 해나는 어느 순간 영국인 환자의 목숨을 건 사랑 이야기가 자신을 치유하고 있음을 깨닫는다. 죽어가는 사람, 아무런 희망도 없어 보이는 그 두 사람의 미칠 듯한 사랑 이야기가 자신을 치유하고 있음을 깨닫는 것이다. 간호사인 해나가 영국인 환자를 치유하는 줄로 믿었는데 알고 보니 한 발짝도 움직이지 못하는 영국인 환자가 이 젊은 간호사를 치유하고 있었다. 해나는 알마시의 육체적인 고통을 돌보고 알마시는 해나가 앓는 마음의 고통을 돌보며 서로를 지탱한 셈이다.

영국인 환자 알마시는 해나가 사랑을 느끼기 시작한 청년 킵을 '파토 프로푸구스Fato profugus'라고 불렀다. '운명의 도망자'라는 뜻이다. 대오에서 완전히 이탈한 자들만이 느끼는 깊은 이질감과 이방인의 소외감을 그들은 공유하고 있다. 소설에서는 잠깐 스쳐 지나간 단어지만 나는 이 단어로부터 눈을 뗄 수가 없었다. 나는 비로소 깨닫는다. 운명적으로 추방된 자만이 삶의 가장 깊은 정수를 빨아들일 수 있음을. 네 명의 추방자들은 그 운명적인 탈주와 타고난 슬픔으로 깊이 연대한 채 삶의 가장 찬란한 순간과 가장 비참한 순간을 함께하고 있다. 킵뿐 아니라 모두 운명의 도망자다. 이제 남은 것은 매일 모르핀을 맞아야 간신히 버티는 온몸의 참혹한 고통뿐이지만 알마시는 목숨보다 사랑한 캐서린을 영원히 잃고 나서야 그에게 일어난 모든 일이 눈부시도록 아름다운 생의 선물이었음을 알게 된다. 인생이 그저 한바탕 일장춘몽이 아니라 무엇으로도 바꿀 수 없는 아름다운 사랑의 선물임을 알게 된다. 죽은 약혼자 외에는 아무도 사랑할 수 없을 것만 같던 해나는 전쟁이 일어나지 않았더라면 영원히 만나지 못했을 낯선 시크교도 청년 킵을 사랑하게 되고, 그 사랑이 얼어붙은 심장을 녹이고 있음을 깨닫는다.

그들은 삶의 추악함은 물론 아름다움까지 거부하려 했지만, 모든 살아 있음의 흔적으로부터 도망치려 했지만, 사람이 살아 있는 한 그 치유의 전쟁, 희망이라는 이름의 총성 없는 전쟁은 절대 끝나지 않는다. 온몸이 새카맣게 타버려 신원조차 알아볼 수 없는 알마시를 특별하게 만드는 것은 머릿속에 든 온갖 이야기다. 그가 죽는 순간 모든 지혜가 사라진다는 사실이 두려울 만큼 그는 많은 것을 알고 있다. 그는 자기 삶을 모두 태워 이야기의 불꽃 하나를 지펴 올리는 이야기꾼이다. 그는 자신의 삶이라는 장작을 남김없이 태워 그것을 감동적인 이야기로 만든다. 해나는 슬프지만 그를 보내줘야 한다. 영국인 환자의 모든 이야기가 마음속으로 들어와 새로운 이야기의 씨앗을 틔우기 시작했으므로. 어떤 희망도 품지 않으리라 결심한 스무 살, 이제 영국인 환자가 피워 올린 이야기의 불꽃으로 이미 죽은 줄만 알았던 생의 토양은 촉촉하고 따사롭게 온기가 돌기 시작했다. 해나는 다시 사랑의 씨앗을, 희망의 묘목을, 설렘의 새싹을 키울 수 있는 존재로 부활한다.

때로는 상처 입은 순간의 아픔보다 상처를 치유해야 한다는 강박이 우리를 더욱 괴롭힌다. 상처보다 더 아픈 치유의 과정이 우리 무릎을 꺾기도 한다. 그런 순간에도 문학은, 마침내 아름다운 타인의 이야기는 우리 곁에 있다. 이야기의 모닥불로 얼어붙은 심장을 데우는 모든 순간 이야기는 당신의 가슴에 새로운 희망의 불씨를 지필 것이다. 상처에 결코 무너지지 않은 주인공들, 그리하여 상처마저 매혹적인 이야기의 주인공들은 포근한 응원의 손을 내민다. 그 손들의 따스함이 당신을 지켜줄 것이다.

영화 〈비포 선라이즈〉(1996)에서 소설가가 된 제시(에단 호크)가 북토크를 하다가 옛사랑 소피(줄리 델피)를 9년 만에 만나는 장소 셰익스피어 앤드 컴퍼니. 이 아름다운 서점은 나에게 '문학이란 무엇인가'를 질문하게 만드는 장소이기도 하다. 셰익스피어 앤드 컴퍼니의 실제 주인 실비아는 헤

밍웨이를 비롯한 수많은 작가에게 공짜로 책을 빌려주고, 숙식을 제공하며, 더 좋은 글을 쓰도록 지원을 아끼지 않았다. 문학은 이 아름다운 서점처럼 내 영원한 감성의 보물 창고다. 아무리 힘들어도, 아무리 아파도 문학작품 속 주인공들과 울고 웃으며 마침내 나는 치유되고 회복되며 에너지를 얻는다.

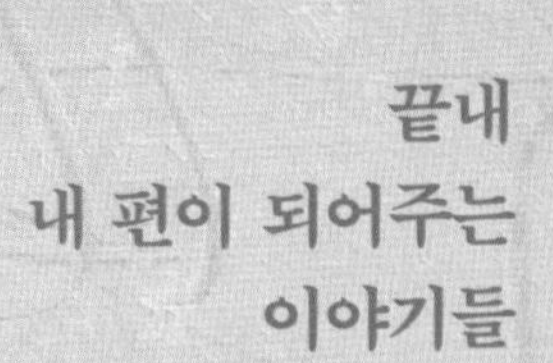

2부

끝내 내 편이 되어주는 이야기들

지금 벼랑 끝에
서 있다면

《호밀밭의 파수꾼》

읽을 때마다 가슴이 조마조마했다. 《호밀밭의 파수꾼》의 주인공 홀든을 바라보고 있으면 내 어린 시절의 불안을 고스란히 간직한 소년을 만난 것 같아서 가슴이 콩닥콩닥 뛰었다. 성별은 다르지만 예민하기 이를 데 없는 지독한 까칠함이 딱 나였다. 한없이 불안하지만 한없이 따뜻한 품성을 지닌 아이, 사랑이 가득하지만 사랑을 표현하는 방법을 모르는 홀든. 오직 규칙과 단체 생활만이 중요한 학교에서뿐 아니라 세상 어디에서도 마음 붙일 곳을 찾지 못하는 홀든. 그는 어디서나 뼈아픈 외로움을 느낀다. 이 세상엔 자신과 비슷한 사람이 없기 때문이다. 사랑하는 남동생 앨리의 때 이른 죽음으로 심각한 트라우마를 간직한 홀든의 주변엔 상처를 보듬어줄 사람이 없다. 부모 또한 아들의 죽음으로 깊은 우울에 빠진 상태고, 선생이나 친구 중에도 홀든의 마음을 이해해 주는 사람이 없다. 번번이 낙제를 하고 학교 기숙사에서까지 도망친 홀든은 학교도 집도 싫고, 그렇다고 이 세상에서 딱히 가고 싶은 곳도 없는 자신을 발견한다. 홀든은 그저 말이 통하는 사람과 전화 한 통이라도 하고 싶지만 첫사랑 제인은 전화를 받지 않는다.

어릴 적에는 《호밀밭의 파수꾼》을 읽으며 도대체 이 아이가 무슨 사고를 치려나 싶어 불안했다. 내 코가 석 자임에도 이 친구가 커서 뭐가 되려나 걱정스럽기도 했다. 그러나 어른이 되어 다시 읽어보니 홀든에게 가장 필요한 것은 걱정이 아니라 믿음이었다. 홀든은 나였다. 내가 무엇이 되든, 아무것도 되지 않든 그저 나를 믿어주는 단 한 사람이 필요했다. 홀든과 나에게 절실했던 것은, 가르침을 주는 거창한 조언이 아니라 그저 따스한 안부의 메시지였다.

기숙사에서 뛰쳐나온 홀든에게 어른들은 걸핏하면 나이를 묻는다. 호텔에서도 택시에서도 음식점에서도 어른들은 묻는다. 도대체 몇 살이니. 미성년자임이 분명한, 불안하기 이를 데 없는 눈빛을 굴리는 아이가 뉴욕 한복판을 혼자 헤매고 있으니 의심하는 마음은 이해된다. 다만 그때 단 한 사람이라도 홀든에게 나이가 아닌 안부를 물어주었더라면. 홀든은 고립감에서 벗어날 수 있지 않았을까. 방황하는 홀든에게 "몇 살이냐"를 묻지 않고 괜찮은지, 밥은 먹었는지 묻는 사람이 있었다면 홀든은 그토록 외로운 시간을 절망에 빠져 헤매지 않았을 텐데. 어른이 되어 다시 읽는 《호밀밭의 파수꾼》은 내 외로움을 아무도 이해해 주지 못하던 어린 시절과 함께 이제 어른이 된 우리가 닦아주어야 할 이 세상 수많은 아이의 눈물을 떠올리게 만든다.

문학작품 속의 문제적 개인problematic individual은 단순히 '문제를 일으키는 사람'이 아니라 '문제를 제기하는 사람'이다. 홀든은 단지 분란을 일으키는 말썽꾸러기 소년이 아니다. 홀든의 방황을 통해 나는 깨달았다. 홀든의 가족처럼 자식이 영혼의 심장에서 피를 철철 흘리고 있는데도 아무런 대화를 시도하지 않는 부모가 잘못되었다는 것을. 시험 점수만 중요할 뿐 학생의 진짜 안부는 묻지 않는 교육이 잘못되었다는 것을. 아이들의 행복이 아니라 통제만이 중요한 사회가 잘못되었다는 것을.

홀든은 그 자체로 거대한 물음표가 되어 우리 심장을 향해 내리꽂히는, 보이지 않는 화살 같다. 지금도 여전히 아이들을 충분히 사랑하지 않는 사회를 향해. 어른들의 편견과 아집에 물들지 않은 아이들의 해맑은 마음을 충분히 헤아리지 않는 세상을 향해. 누군가를 진심으로 이해하기 전에 우선 나이와 학벌 따위를 훑어보는 이 세상의 속물적 시선을 향해. 홀든은 온몸으로 물음표를 그리며 우리 심장을 할퀸다. 우리가 사는 세상은 뭔가 크게 잘못되었다고.

홀든이 어디서도 마음의 평화를 찾지 못하는 이유는 이 아이가 정서적으로 문제가 있어서가 아니라 가족도, 학교도, 사회도 아이들의 방황을 이해하고 공감해줄 준비가 안 돼 있기 때문이다. 단지 누군가의 따스한 눈빛이 필요했던 홀든의 뼈아픈 외로움을 이젠 알 것 같다. 다행히 홀든에게는 순수한 안부를 물어줄 단 한 사람의 멘토가 있다. 어린 여동생 피비다. 마침내 퇴학당한 홀든이 영원히 부모님 곁을 떠나겠다는 결심을 고백했을 때 피비는 오빠가 아빠에게 맞아 죽지나 않을지 걱정한다. 피비는 도대체 오빠가 진정으로 원하는 것이 뭐냐고 묻는다. 홀든의 성적이나 위치가 아니라 꿈을 물어보는 사람은 피비뿐이었다.

작품을 읽는 내내 마음 여린 홀든이 걱정되지만, 이는 홀든이 내 걱정을 탁 내려놓게 만드는 장면이기도 하다. 그는 항상 드넓은 호밀밭에서 어린이들이 신나게 뛰노는 모습을 상상했다. 수천 명의 어린애들만 뛰어놀 뿐 어른은 오직 자신밖에 없는 모습을. 자신은 까마득한 낭떠러지 옆에 서 있다고. 그가 할 일은 아이들이 벼랑 끝으로 떨어질 것만 같을 때 쏜살같이 붙잡아주는 일이다. 애들이란 무릇 앞뒤 재지 않고 무작정 달리는 법이니까. 그럴 때마다 홀든이 나타나서 아이가 떨어지지 않도록 붙잡아 줄 수만 있다면 온종일 그 일만을 해도 좋을 것 같다고, 호밀밭의 파수꾼이 되고 싶다고. 바보 같은 이야기처럼 들릴지라도, 홀든이 정말 되고 싶은 것은 바로 호밀밭의 파수꾼이었다.

그 순간 나는 홀든이 나보다 더 어른스러운 존재임을 깨달았다. 네가 나보다 훨씬 성숙한 존재인데, 내가 주제넘게 너를 걱정했구나 싶어 부끄러워졌다. 마음속 밤하늘에서 무지갯빛 불꽃놀이 화약이 펑펑 터지는 기분이었다. 바로 이것이다. 이것은 홀든의 꿈이지만 문학의 영원한 이상이기도 하다. 절벽에서 떨어질 위기에 처한 누군가를 아무 말 없이 꼭 붙들어 주는 것. 그곳이 절벽인지 모른 채 앞만 보고 마구 달려가는 사람들을 절벽 아래로 떨어지지 않게 붙잡아 주는 것. 문학은 항상 변함없이 그 자리에서 비틀거리는 우리를 붙잡아 주는 호밀밭의 파수꾼이다.

삶의 희망을 놓고 싶을 때, 이제 그만 더 나은 삶을 향한 기대를 내려놓고 싶을 때 문학은 나에게 호밀밭의 파수꾼이 되어주었다. 내가 절벽 위에서 뛰어내리고 싶을 때마다 문학은 내 어깨를 버텨주고 내 이마를 짚어주고 내 손을 잡아주었다. 문학은 내게 속삭였다. 어떤 상황에서도 죽음이 아닌 삶을 선택해야 한다고. 때로는 죽음보다 삶이 초라해 보일지라도 삶을 택해야 한다고.

피비는 호밀밭의 파수꾼이 되고 싶다는 오빠의 소원을 열심히 들어준 뒤 그동안 소중히 모은 크리스마스 용돈을 손에 쥐여주며 작별 인사를 한다. 그 순간 피비가 오빠에게 전해준 용돈은 소녀가 가진 모든 것이었을 터이다. 말썽꾸러기 오빠라도 좋으니 제발 어디서든 무사히 살아 있기만을 바라는 동생의 마음. 오빠가 퇴학당해도 괜찮으니 아빠에게 맞아 죽지는 말기를 바라는 동생의 사랑. 그제야 홀든은 동생의 품에 안겨 펑펑 운다. 홀든은 깨닫는다. 불완전한 안식처라도, 비틀거리는 가족이라도, 돌아올 곳이 있음을. 그가 정말로 월급도 못 받고 명함 따윈 존재하지 않는 이름 없는 호밀밭의 파수꾼이 되더라도, 있는 그대로의 자신을 사랑해 줄 사람이 이 세상에 존재함을.

문학은 내게 그런 존재였다. 내가 스스로를 학대하고, 아무도 사랑하지 않고, 누구도 믿지 못할 때 문학은 한없이 다정한 눈길로 속삭였다. 너의 불안과 너의 절망과 너의 증오조차 사랑한다고. 우리의 그 어처구니없음과 울퉁불퉁함과 대책 없음이 세상 모든 이야기의 출발점임을 문학은 내게 가르쳐주었다. 문학에는 전혀 실용성이 없다고, '문학 하는 사람'이 되면 굶기 십상이라고 타박하는 사람들에게 나는 피비의 따스함과 홀든의 순수함을 보여주고 싶다. 문학은 홀든처럼 세상에 이름 붙이기 힘든 꿈을 지닌 사람들을 끌어안는다고. 문학은 피비처럼 세상에 기댈 곳 없는 사람들을 따스하게 감싸 안는다고. 누군가의 절망을 보듬어 희망으로 바꿔내는 힘은 어떤 화려한 실용성보다 아름다운 가치니까. 문학은 언제 절망이라는 벼랑 아래로 추락할지 모르는 우리를 온몸으로 떠받쳐 주는 호밀밭의 파수꾼이니까.

멕시코시티의 바스콘셀루스 도서관은 광활한 미로 같기도 하고 거대한 보물 창고 같기도 한 웅장한 아름다움으로 나를 매혹시킨다. 미처 다 표현하지 못한 수많은 이야기로 이루어진 우리 마음속 깊은 무의식도 저런 모습이 아닐까. 삶의 벼랑 끝에 선 느낌이 들 때마다 나는 책에 매달렸다. 위태로운 암벽 가장자리에서 등산객을 지탱해 주는 밧줄처럼 문학은 나를 아직 이 세상의 벼랑 끝에 꿋꿋이 매달려 있게 해주었다.

한여름에도
마음의 추위를 느끼는 이에게

《그해, 여름 손님》

한마디도 대화를 나누지 않았지만 오직 누군가를 물끄러미 바라보는 것만으로도 그 사람이 지닌 삶의 온기가 고스란히 전해질 때가 있다. 몇 년 전 대영도서관에서 아주 사랑스러운 엄마와 딸을 만났다. 제인 오스틴의 필기구와 노트, 그녀가 오빠로부터 받은 선물들을 전시한 컬렉션을 보면서 엄마와 딸이 소곤소곤 이야기를 나누고 있었다. 전시관에는 제인 오스틴과 샬럿 브론테의 얼마 남지 않은 개인 자료들이 전시되어 있었고, 촬영은 불가능했다. 작가들의 유품을 지상에서 가장 소중한 보물인 듯 형형한 눈빛으로 바라보며 이런저런 이야기를 나누는 모녀의 모습을 보니 마음이 절로 훈훈해졌다. "엄마, 이게 제인 오스틴이 쓰던 펜이야?" "응, 그래. 제인의 오빠가 선물해준 거라는구나. 제인 오스틴이 이 펜으로 《오만과 편견》을 썼겠지? 아니면 《이성과 감성》을 썼을까?" 모녀의 대화를 듣다 보니 제인 오스틴이 마치 옆집에 사는 다정한 언니처럼 살갑게 느껴졌다.

먼 나라를 여행할 때 가끔 내가 철저한 이방인이라는 사실에 가슴속에 칼바람이 인다. 그날은 이 모녀를 바라보는 것만으로도 마음속에 영원히 꺼지지 않는 따스한 화로 하나를 선물 받은 듯 행복했다. 문학작품을 사랑한다는 것, 그것은 이렇게 작가가 남긴 아주 작은 흔적까지 소중히 아끼는 마음이었다. 엄마와 딸의 대화를 통해 입에서 입으로 전해지는 따스한 '문학적 수다'가 이방인인 내 마음속을 촉촉하게 적셨다. 엄마와 딸이 소소한 대화 속에서도 문학의 온기를 나누는 이런 시간은 부모가 자식에게 물려줄 수 있는 최고의 유산 아닐까. 그런 생각을 하며 유난히 힘들었던 그 겨울의 고독을 나는 견딜 수 있었다. 문학은 이렇듯 삶의 온기가 간절히 필요할 때 우리 가슴을 두드리며 "아직은 괜찮아, 아직은 견딜 수 있어"라고 속삭이는 것만 같다.

얼마 전에는 〈콜 미 바이 유어 네임〉(2018)이라는 영화로도 만들어져 화제가 된 안드레 애치먼의 소설 《그해, 여름 손님》을 읽다가 우리에게 여전히 문학이 필요한 이유를 발견했다. 이 책을 읽으며 나는 생각했다. 문학은 '쉽게 말할 수 없는 것들'을 끝내 말로 표현하기 위해 분투하는 인간의 몸부림을 담아내는 것이 아닐까. 이루어질 수 없는 사랑, 이루기는커녕 누구에게도 발설할 수 없는 사랑에 빠진 아들 엘리오에게 아버지는 아무런 금지의 말도, 아무런 걱정의 메시지도 보내지 않는다. 소년은 가족은 물론 마을 사람 모두의 눈을 피해 한 남자와 은밀한 사랑을 나누었고, 이제 그를 머나먼 나라로 떠나보내고 홀로 남아 가슴앓이한다. 아버지는 아들의 사랑과 이별의 과정을 다 알면서도 모른 척했고, 이제 혼자 남은 아들에게 앞으로 얼마나 커다란 고통이 기다리고 있을지 담담히 이야기해 준다. 아주 힘든 시간이 기다리고 있을 거라고. 세상은 교활하게도 우리의 가장 약한 부분을 찾아낼 거라고. 하지만 아버지가 항상 곁에 있음을 기억하라고. 지금은 너무 고통스러워 아무것도 느끼고 싶지 않겠지만 네가 느낀 모든 감정은 소중한 것이라고.

열여섯 살 소년은 스물네 살 남자와 사랑에 빠졌다는 사실을 아무에게도 말하지 않았지만 아버지는 알고 있었다. 소년의 깊은 슬픔을, 소년의 깊은 사랑을, 소년이 남몰래 흘리는 마음속 눈물까지. 소년이 부정하려 하자 아버지는 뜻밖의 고백으로 아들을 놀라게 한다. 너희 두 사람은 아름다운 우정을, 어쩌면 우정 이상의 감정을 나눴을 거라고. 나는 너희가 부럽다고. 다른 부모들은 그런 일이 없기를, 자식이 얼른 제자리로 돌아오기를 바라겠지만 난 그런 부모가 아니라고. 그 이별의 고통을 올올이 느껴보라고, 그 사랑의 추억을 한 올 한 올 되새기라고, 아버지는 아들에게 주문한다. 어떤 감정도 절대 억누르지 말고, 그 감정을 짓눌러서 부서뜨리지 말라고. 너를 괴롭히는 감정이 아무리 아플지라도 잔혹하게 삭제해 버리지 말라고. 모두 잠든 밤에 홀로 깨어 느끼는 무시무시한 고독이 얼마나 끔찍한지 아버지는 알고 있었다. 아버지는 아들이 가슴속에서 타오르는 모든 열정과 회한과 그리움의 불꽃을 절대 꺼버리지 말기를 기원한다. 그 사람을 통해 느끼는 이 감정의 불꽃은 오직 한 번뿐인 생의 반짝임이니까.

우리는 고통을 느끼지 않기 위해 기쁨의 회로조차 차단할 때가 있다. 상실감을 느끼지 않기 위해 아예 사랑을 시작하지 않기도 하고, 버려진 느낌에서 벗어나기 위해 재빨리 사랑을 시작하기도 한다. 그러나 그 모든 몸부림은 자기를 속이는 일이다. 서른 살이 되기도 전에 마음의 열정과 순수를 너무 빨리 태워버리는 우리. 아픔이 오면 마치 전염병에라도 걸린 듯 파르르 떠는 우리. 아픔을 음미하기도 전에, 아픔의 의미를 되새기기도 전에 아픔을 전염병처럼 퇴치해 버리는 우리. 그런 높은 방어기제 때문에 우리는 당연히 느껴야 할 감정, 느낄 수 있는 감정까지도 한사코 지나쳐버리는 것은 아닐까. 빨리 치유되기 위해 자기 안의 소중한 감정까지 죽여버리는 우리 현대인들. 막상 뒤늦게 진정으로 사랑하는 사람이 나타나면 그에게 줄 열정도 순수도 남아 있지 않게 된다는 아버지의 속삭임은 가슴을 무너뜨린다. 우리는 살아남기 위해, 이 사회에 적응하고 동화되기 위해 우리 안의 무엇을 불사르고, 조각내고, 부서뜨린 것일까.

아버지는 놀랍게도 아들이 느끼는 고통마저 부럽다고 고백한다. 누구도 쉽게 느낄 수 없는 감정을 아들은 열여섯 살에 이미 알았으니까. 아버지는 이루어질 수 없는 사랑에 빠진 아들에게, 다른 고통이 아닌 오직 너의 고통을 부러워한다고 고백한다. 소년의 고통은 사랑의 기쁨과 슬픔을 극한까지 경험해 본 사람만이 느끼는 아픔이기에. 그토록 사랑하지 않았더라면 그토록 가슴이 무너지는 슬픔 또한 영원히 경험할 수 없기에. 어떻게 타인의 아픔을, 그것도 견딜 수 없는 혹독한 아픔을 진심으로 부러워할 수가 있을까. 돌이켜 보니 나도 내가 경험하지 못한 아픔을 앓고 있는 이를 부러워한 적이 있다. 그 가시밭길을 걸어가 본 적이 있는 사람만이 느끼는 고통, 그런 사랑을 해 본 적이 있는 사람만이 느끼는 아픔, 그런 도전에 온몸을 던져 본 적이 있는 사람만 흘리는 눈물을.

우리가 아름다운 이야기를 간절히 갈망하는 이유, 그것은 그 안에 우리가 통과해야 할 모든 슬픔과 사랑의 뿌리가 고스란히 담겨 있기 때문이다. 제인 에어가 가혹한 운명에 상처받지 않았더라면. 《폭풍의 언덕》의 캐서린이 세상은 물론 자기 자신조차 사랑하지 않는 지독하게 외로운 남자 히스클리프를 사랑하지 않았더라면. 로미오가 줄리엣을 따라 '사랑이 없는 이 세상'이 아닌 '사랑이 있는 저 세상'으로 가지 않았더라면 나는 결코 슬픔을 온몸으로 통과해야만 보이는 세계의 아름다움을 이해하지 못했을 것이다. 내 겨드랑이를 스치는 문학의 향기가 가득 실린 보이지 않는 바람이 나를 세상의 절벽 아래로 떠민다. 그러나 그렇게 세상의 절벽 아래로 떨어지는 느낌은 슬프지만은 않다.

문학을 통해 나는 '내가 견딜 수 있는 고통'과 '견딜 수 없는 고통'의 세계의 경계가 무너지는 것을 느낀다. 그 아픈 경계가 기쁘게 무너져 내릴 때 나는 고통 앞에서 더욱 당당한 존재, 《노인과 바다》의 산티아고 노인처럼 절망은 해도 운명에 무릎 꿇지 않는 인간의 아름다움을 발견한다. 카프카는 한 권의 책은 도끼가 되어야 한다고 말했다. 진정 훌륭한 책이라면, 도끼가 되고 망치가 되어 우리의 잠든 의식을 깨워야 한다는 의미였을 것이다. 나는 그 문학이라는 도끼를 조금 더 부드럽고 말랑말랑하게 누구든 만질 수 있는 대상으로 만들고 싶다. 문학이 독자를 피 흘리게 하는 망치나 도끼가 아니라 향기 나는 도끼, 멜로디가 울리는 망치 같아서 더 아름답다는 생각이 든다. 우리를 아프게만 하는 무기가 아니라 우리를 다독이고 끌어안고 손잡아 주는 도끼가 바로 문학이니까. 문학이 필요한 시간은 바로 시나 소설 속 문장 하나하나가 사랑하는 이의 손길처럼 내 지친 등짝을 두드려주는 순간이니까. 우리는 위대한 문학작품들을 통해 열정의 극한까지, 사랑의 극한까지, 아픔의 극한까지 걸어가 볼 권리가 있다. 그 모든 감정의 극한을 문학 속에서 올올이 경험한다면 우리는 실제 삶에서 더 아름다운 사랑을, 더 눈부신 열정을, 더 뜨거운 고통을 견뎌낼 힘을 얻을 수 있기에.

지하철을 탈 때마다 사람들의 무표정에 놀란다. 코로나 이후 저마다 마스크를 쓰다 보니 대화도 미소도 사라지고 모두들 약속이라도 한 듯이 휴대폰만 바라보고 있다. 이 사진은 코로나 시대 이전 비엔나 전철 속 모습이다. 저토록 다정한 사람들, 저토록 따스한 사람들의 미소와 몸짓이 그립다.

아름다움을 느끼는 심장을 되찾기 위하여

마르크스의 문장

세상의 모든 아름다움이 나를 총공격하는 듯한 날카로운 아픔을 느낄 때가 있다. 스물아홉, 첫 유럽 여행을 떠났을 때였다. 유럽에서 만난 모든 건축물과 미술 작품, 골목길과 저잣거리의 정겨움, 들리는 모든 음악의 아름다움이 나를 파괴하는 것 같았다. 세상의 모든 아름다움이 나를 찌르고 짓이기는 느낌. 그런데 그 아픔이 싫지 않았다. 오히려 그 아픔을 나도 모르게 반겼던 것 같다. 그 아픔은 내게 잃어버린 나의 시간을 되찾게 해주었기 때문이다.

그때 나는 아름다움을 아름답다고 생각할 권리를 잃어버린 상태였다. '아름다움 따위는 느낄 시간이 없어, 문학이나 예술의 향기 따위는 감상할 여유가 없어' 그렇게 나라는 존재를 향해 다가오는 모든 세상의 빛을 흡수하지 못하고 필사적으로 반사하고 있었다. 사랑이 다가와도 '사랑할 시간 따윈 없다'라고 생각했고, 친구가 다가와도 '우정 따위 키울 시간이 없어'라고 생각했다. 사랑하면서도 사랑에 내 전부를 던지지 못했고, 벗을 그리워하면서도 벗에게 마음을 완전히 열어 보이지 못했다. 온몸이 고슴도치처럼 날 선 가시들로 뒤덮여 있어 눈앞의 아름다움도 알아보지 못하던 시절이었다.

서른이 넘어 두 번째 유럽 여행을 떠났을 때 나는 잃어버린 나 자신의 감수성을 찾기 위해 홀로 멀리 떠나왔음을 느꼈다. 첫 번째 유럽 여행이 '느낄 수 있는 심장'을 잃어버린 나를 발견하게 해주었다면, 두 번째 유럽 여행에서는 이제 '간신히 되찾은 청춘의 심장'으로 세상의 아름다움을 마음껏 받아들일 준비가 되어 있었다. 처음으로 베를린 필하모니의 연주를 직접 들었고, 이름 모를 화가의 그림 앞에 한나절이 다 되도록 앉아 있었으며, 두꺼운 소설책과 화집을 잔뜩 사는 바람에 여행용 캐리어의 1인당 무게 제한을 훌쩍 넘기기도 했다. 다닐 수는 없지만 남몰래 동경하던 훔볼트대학 교정을 하염없이 걷기도 했다. 그때 훔볼트대학으로 올라가는 계단에서 이 문장을 만났다.

지금까지 철학자는 세계를 이리저리 해석해 왔을 뿐이다.
이제 중요한 것은 세계를 변혁하는 것이다.

마르크스의 문장이었다. 오래전에 책에서 읽은 문장을 예상치 못한 공간에서 '돌에 새긴 문장'으로 만났을 때 내 가슴은 산산이 조각나 버렸다. 문학은 꼭 시나 소설 속에만 잠자고 있는 것이 아니었다. 《포이어바흐에 관한 테제》를 겁먹은 새내기의 눈빛을 하고 '사회과학서적'으로 읽었을 때의 감동이 컸지만, 불현듯 낯선 이국땅에서 그 문장을 다시 읽으니 너무도 '문학적으로' 다가왔다. 철학자의 임무가 마치 작가의 임무처럼 느껴졌다. '철학'을 '문학'으로 바꾸어도 그대로 성립할 것만 같은 문장이었다. 진정 좋은 작가가 되고 싶다면 세계를 요모조모 해석만 하는 것이 아니라 세계를 바꿀 용기를 지녀야 하지 않을까. 내 마비된 감수성을 깨우는 향기로운 문장의 힘이 거기 꿈틀거리고 있었다. 마르크스의 문장이 왜 그토록 시적으로 들렸을까. 아마도 내가 갈망했기 때문일 것이다. 세상을 바꾸기에 앞서 우선 망가진 내 인생을 수리하고자 하는 마음이 너무 간절했다. 그 문장은 온갖 은유와 상징의 소용돌이를 몰고 와 내 심장을 세차게 고동치게 했다. 마치 시처럼, 음악처럼, 폭풍우처럼.

세상의 아름다움을 느낄 준비가 되니 예전에는 무덤덤하게 지나치던 모든 것이 아침 햇살처럼 환하게 다가왔다. 문학, 음악, 그림, 무용은 우리에게 '더 아름다운 세상을 꿈꿀 권리'를 선물하는, 서로 지휘하거나 통제하지 않는 무언의 오케스트라다. 사랑할 준비가 되니 내가 그동안 사랑하지 않았던 모든 시간이 못 견디게 아까웠다. 아끼고 소중히 여길 준비가 되니 내 곁의 사람들 모두의 아픔이 내 아픔처럼 가까워졌다. 이제 문학과 예술을 사랑하지 않고서는 살아갈 수 없었다. 아름다움이 나를 공격할까 봐 아름다움은 죄다 피해 다니던 시절은 끝났다.

우리에게는 더 많은 아름다움을 경험할 권리가 있다. 그런데 햇살이나 공기처럼 저절로 흡수할 수 있는 세상의 아름다움이 있는가 하면, 문학이나 음악이나 그림처럼 반드시 자발적인 노력을 기울여 찾아다녀야 할 세상의 아름다움도 있다. 무언가를 사랑할 권리를 회복하자 하염없는 기다림의 시간마저 즐기게 되었다. 좋아하는 작가의 신작이 나온다는 소식을 들으면 설레는 마음으로 출간을 기다리고, 기갈 들린 사람처럼 출간 첫날에 책을 사서 한 문장 한 문장 아껴 읽다가 다 읽고 나면 벌써 다음 책을 기다리기 시작하는 마음. 이 소설이 영원히 끝나지 않았으면 하는 안타까움과 빨리 다음 소설을 읽고 싶은 조급증마저 우리가 문학을 통해 느끼는 아름다움의 일부다. 삶에 대한 설렘을 회복하는 것, 세상에 대한 놀라움을 되찾는 것, 이 모든 것을 느끼는 감수성의 심장을 되찾는 것. 그것이 문학을 통해 우리가 쟁취할 수 있는 생의 기쁨이다.

몇 년 전 나의 멘토이신 문학평론가 고 황광수 선생이 따스한 에피소드를 들려주셨다. 힘겨운 투병 생활 끝에 건강을 회복하신 뒤 오랜만에 시인 김정환 선생을 만나셨다고 한다. 옷은 늘 같은 걸 입어도 책은 늘 다른 걸 읽고 계시는 소문난 독서가인 김 선생이 병마에서 막 힘겹게 놓여난 70대의 황 선생에게 엄청난 책을 선물하셨다. 마르셀 프루스트의 《잃어버린 시간을 찾아서》, 그것도 무려 프랑스어판이었다. 한국어로 읽어도 숨막히는 분량과 밀도를 자랑하는 이 대작을 프랑스어판으로 읽어보라고 선물하는 시인의 마음은 무엇이었을까.

황 선생은 깜짝 놀라서 고마움보다는 걱정스러움을 표했다. "난 불어도 못하는데 왜 이걸 주는 거야?" 김 선생은 마치 수줍은 고백을 하듯, 오랜 투병 생활에서 막 벗어난 친구에 대한 반가움과 그리움을 가득 담아 말했다. "그러니까 오래오래 살아 달라고."

친구여, 부디 아프지 말고 오래오래 살아남아서, 지금은 불어를 못하지만 언젠가는 불어도 배워서, 그 기나긴 '잃어버린 시간'을 되찾으라는 따스한 메시지. 이것이 바로 나를 감동시키는 일상 속의 '문학적인 순간'이다. 책 속의 문장이 하나도 기억나지 않는 순간이 와도 우리 마음속에는 '이야기의 유전자'와

'은유와 상징의 유전자'가 남아 있어 이토록 문학적인 모든 순간을 환하게 축복하지 않을까. 때로 문학은 텍스트 없이도 힘을 발휘한다. 각자 60대와 70대 중반을 넘긴 시인과 평론가를 어떤 학창 시절 동창보다 더 끈끈한 우정으로 묶어주는 단 하나의 원동력은 다름 아닌 문학을 향한 멈출 수 없는 사랑이다.

"여기서는 기필코 안전할 거야." 책을 읽는 동안 나도 모르게 이렇게 중얼거릴 때가 있다. 책을 읽는 순간만큼은 고통에서 놓여날 수 있으니까. 안트베르펜 시립도서관에서 하염없이 책을 읽으며 시간 가는 줄 모르는 한 할아버지를 바라보며 나는 이상하게 마음이 편안해졌다. 말은 안 통하지만 따스한 동지를 만난 것 같아서. 책을 읽고 있는 사람들만 보면 왠지 다가가서 말을 걸고 싶어지고, 거리낌 없이 친구가 되고 싶어진다. 책이란 낯선 나라에서도 내가 아직 나임을, 또 다른 나로 변신해도 결국 더 커다란 나임을 확인하게 해주는 향기로운 매개체다.

독일의 시인 라이너 쿤체는 〈한잔 재스민 차에의 초대〉라는 아름다운 시로 우리에게 문학이라는 이름의 열차를 타는 무료 기차표를 발급해 준다.

> 들어오셔요, 벗어놓으셔요, 당신의
> 슬픔을, 여기서는
> 침묵하셔도 좋습니다(《은엉겅퀴》에서)

외투를 벗듯이 슬픔을 벗을 수만 있다면 얼마나 좋을까. 셔츠를 벗듯이 분노와 괴로움과 질투를 벗어놓을 수 있다면 얼마나 좋을까. 시인 라이너 쿤체는 그 어려운 일이 오직 '차 한 잔'을 함께할 시간만 있으면 가능하다고 속삭이는 것 같다. 나는 그 차 한 잔의 여유에 가장 어울리는 파트너가 시집이나 소설책이면 좋겠다. 책을 읽는 동안만은 분노를 철퍼덕 내려놓고, 슬픔을 훌훌 벗어놓고, 이 세상 모두와 함께 있을 수 있고, 이 세상 누구로부터도 벗어날 수 있기 때문이다.

지상의 모든 곳에서 눈부신 문장을 보는 사람이 되고 싶다. 모든 곳에서 신이 깜빡 흘리고 간 아름다운 문장을 용케 발견해내는 맑은 눈을 가진 사람이 되고 싶다. 감옥이나 무인도에 갇히더라도 누구도 나의 힘, 즉 '이해하고, 공감하고, 소통하는 의지'를 빼앗지 못하도록. 책 한 권 없는 빈털터리가 될지라도 내 마음속에서만은 내가 읽은 모든 책의 페이지가 숨 가쁘게 넘어갈 것이다. 어떤 권력도 우리의 소중한 권리, 문학의 아름다움을 느낄 권리를 빼앗지 못하도록. 어떤 극한의 상황에서도 아름다움을 느끼는 이 뜨거운 심장을 잃지 않도록.

로마 판테온에서 '인생샷'을 위해 분투하는 사람들의 모습이 너무 정겹고 사랑스러웠다. 내 친구가 가장 아름답게 나올 때까지 끝없이 셔터를 누르며 힘든 자세도 참아내는 사람들. 아름다움은 머나먼 곳에만 있는 것이 아니라 나를 세상에서 가장 어여쁘게 바라봐 주는 내 소중한 사람들의 미소 위에 있다.

그다음이 궁금한 이야기를 향한 끝없는 갈망

〈네 인생의 이야기〉

"그래서 그다음 이야기가 어떻게 되는데?" "그래서 둘이 사랑에 빠진다는 거야, 아님 결국 헤어진다는 거야?" 아직 알지 못하는 영화나 책의 스토리를 미리 알고 싶은 마음에 사람들은 조급하게 질문을 한다. 그다음은 도대체 어떻게 되는 거냐고. "미리 알면 재미없지." 사람들은 스토리를 알면 재미없다며 스포일러를 극도로 경계한다. 반면 어떤 이들은 느긋한 표정으로 말한다. "스토리보다는 디테일이지!" "스토리를 다 알아도, 보고 또 봐도 아름다운 작품이 있어." "스토리는 작품의 아주 작은 일부야. 결코 줄거리로는 요약되지 않는 섬세한 디테일 때문에 다시 그 작품을 보고 싶어져."

나 또한 그렇다. 스토리를 다 알아도 여전히 아름다운 이야기들, 그런 이야기들은 뜻밖의 반전이나 스릴과 서스펜스가 없더라도 보고 또 보고 싶다. 그렇다면 이런 질문이 가능해진다. 만일 내 삶의 줄거리를 모조리 안다 해도, 내 죽음의 정확한 시간과 장면까지 미리 다 안다 해도 다시 모든 것을 처음부터 똑같이 반복할 수 있을까. 당신이 언제 어디서 고통스럽게 죽을지 미리 안다 해도 나는 당신을 사랑할 수 있을까. 어느 날 내가 끔찍한 사고로 죽는 모습을 미리 본다 해도 다시 세상에 태어나기를 바라게 될까. 인생의 마지막 장면이 지독히 마음에 들지 않을지라도 우리는 처음부터 인생을 똑같이 살아내고 싶을까.

테드 창의 단편소설 〈네 인생의 이야기〉는 그럼에도 불구하고 "그래, 그 모든 것을 처음부터 다시 반복할 거야"라고 대답하는 이야기다. 영화 〈컨택트〉(2017)로 만들어진 이 소설은 어느 날 갑자기 지구 곳곳에 나타난 외계 생명체가 보내는 암호를 해독하는 언어학자의 이야기다. 아무런 공격도 하지 않고 그저 가만히 신비로운 신호들만 보내는 외계 생명체들을 바라보면서 루이즈는 그들의 목표가 지구 침공이 아님을 알아챘다. 그것은 언어학자가 아니어도, 조금만 마음을 열어 외계 생명체의 몸짓을 관찰하면 아는 일이었다. 물리학자 게리와 언어학자 루이즈는 외계 생명체 분석을 위해 만난다. 물리학자는 언어학자의 감성을 이해하기 위해, 언어학자는 물리학자의 논리를 이해하기 위해, 외계인은 지구인의 언어를 이해하기 위해 분투하며 그들은 서로에게 점점 빠져든다.

물리학자 게리는 외계인을 '헵타포드(7을 뜻하는 hepta와 발을 뜻하는 pod를 합친 조어)'라고 불렀다. 외계인들은 아무런 대가 없이 외계어를 가르쳐준다. 외계인들의 한없는 호의를 지구인들은 제대로 받아내지 못한다. 외계인들은 그저 한없이 베풀기 위해 왔는데 첨단 기술이나 무기나 에너지 자원 같은 것만 기대하는 지구인들은 바로 언어가 그들의 가장 아름다운 선물이라는 것을 모른다. 언어학자 루이즈만이 외계인의 언어 자체가 인류에게 위대한 선물임을 깨닫는다. 헵타포드처럼 생각하고 말하고 움직임으로써 루이즈는 과거-현재-미래와 논리적 인과관계로 사유하는 인간의 한계를 뛰어넘어 마침내 시간을 총체적이고 직관적으로 인식하는 힘을 갖게 된다. 선물을 주는 능력도 중요하지만 받는 능력 또한 끝없이 배우고 익혀야 하는 것이 아닐까. 루이즈는 외계인으로부터 무기나 첨단 기술을 습득하기를 원치 않고 그들을 있는 그대로 받아들이려 했기에 '반은 헵타포드, 반은 인류'로 살아가는 놀라운 생존 능력을 터득했다.

확실한 이득을 얻지 못하면 손해라고 믿는 지구인의 자본주의 계산법으로는 외계인의 행동을 이해하지 못한다. 지구인과 외계인의 새로운 관계를 상징적으로 드러내는 단어는 '논제로섬 게임'이다. 나와 타인의 관계가 적대적일 필요는 없다는 것. 그들의 이익이 곧 우리의 손실인 관계가 아니라 우리 모두 궁극의 승자가 될 수 있음을 보여주는 개념이 바로 논제로섬 게임이다. 그렇게 될 때 우리는 나보다 뛰어난 타인을 질투하거나 증오하지 않고 진정 사랑하는 방법을 배우게 된다. 내가 이기기 위해 당신을 짓밟지 않아도 되는 게임, 내가 살아남기 위해 당신을 없애지 않아도 되는 이 게임에서는 모두 승자이며, 승자와 패자 자체가 사라져 서로 행복해지는 진정한 소통이 가능하다.

돌이켜 보니 아름다운 문학작품 속의 모든 감동적인 언어는 논제로섬 게임을 지향한다.《소나기》에서 소녀에게 예쁜 꽃만 주기 위해 시든 꽃을 솎아내는 소년. 그 소년에게 소녀는 말한다. 하나도 버리지 말라고. 모두가 아름답고 모두가 소중함을 아는 이 해맑은 소녀야말로 시든 꽃의 아름다움조차 사랑할 줄 아는 지혜의 메신저, 논제로섬 게임의 눈부신 화신이 아닐까.

루이즈는 헵타포드처럼 생각하게 됨으로써 비로소 지구인과 전혀 다른 시간 의식을 획득한다. 관계를 시작할 때 관계의 종말까지 미리 보게 된 것이다. 게리와 사랑을 시작하는 순간 루이즈는 언젠가 이혼하게 될 것임을, 두 사람이 키우게 될 딸이 꽃다운 나이에 비참하게 죽을 것임을 미리 안다. 그러나 사랑을 포기하지 않는다. '아이를 원하느냐'고 게리가 속삭이는 순간 다른 선택을 감행할 기회가 주어지지만, 루이즈는 미소 지으며 그렇다고 대답한다. 뼈아픈 결말을 다 알면서도 기쁘게 다시 사랑할 것을 맹세한다. 게리와 입을 맞추고 포옹하며 아직 태어나지 않은 딸의 미래까지 떠올리는 루이즈의 얼굴에는 어떤 후회나 두려움이 깃들지 않는다. 슬픔보다 사랑이 더 크기 때문이다. 미래의 공포보다 현재의 사랑이 더 크기 때문이다. 언젠가 방부제 냄새로 가득한 차디찬 시체 안치소에서 직원이 시트를 걷으며 "당신 딸이 맞습니까"라고 묻는다 해도 루이즈는 그 딸을 낳을 것이다. 다시 딸을 낳고, 수없이 상처받아 피눈물을 흘릴지라도 온 힘을 다해 딸을 사랑할 것이다. 모든 과정을 알면서도 다시 그 시간을 속속들이 일분일초도 빠짐없이 살아낼 것이다.

줄거리를 다 알지만 다시 읽을 때마다 전에 없던 새로운 울림을 주는 인류의 원초적 문학, 그것은 신화다. 얼마 전에는 프시케와 에로스의 사랑 이야기를 다시 읽다가 뜻하지 않은 곳에서 눈물이 흐르기 시작했다. 그리스 로마 신화를 읽다 보면 문득 울컥하며 무엇이 치밀어 오를 때가 있다. 인간의 아름다움보다는 신들의 위대함을 찬양하는 그리스 로마 신화에서, 딱 한 번 인간이 신을 뛰어넘는 순간이 있다. 인간으로 태어난 프시케가 신과의 사랑을 쟁취하기 위해 자신의 모든 것을 걸고 싸우는 장면이다. 약속을 지키지 않았다며 토라져 에로스가 프시케의 실수, 즉 잠든 에로스의 얼굴을 훔쳐본 것을 용서하지 못하고 신들의 세계로 도망쳐 버린 뒤다. 프시케는 에로스의 사랑을 얻기 위해 모든 것을 포기한다. 이렇게 용감한 프시케에게도 견딜 수 없는 절망의 순간이 있었다. 죽음의 저편 하데스로 가서 페르세포네가 지닌 미의 상자를 가져와야 하는 순간이었다. 하데스에 간다는 것은 곧 죽음을 의미하니 이제 죽음밖에는 길이 없다고 생각하며 프시케가 절벽에서 뛰어내리려 할 때 어디선가 형체 없는 목소리가 들려온다.

> "가련한 소녀야, 왜 그런 무서운 방법으로 최후를 맞이하려 하는가? 지금까지 수없이 신들의 보살핌을 받은 그대가 이제는 두려움에 빠져버렸구나."

《변신 이야기》에서 이 대목을 읽는 순간 그저 책을 읽는 것이 아니라 내 안에서 이 목소리가 울려 퍼지는 듯 생생한 현실감을 느꼈다. 그건 아마도 신화를 통해 생의 아름다움을 전하려 했던 이야기꾼의 목소리가 수천 년의 간극을 뛰어넘어 나에게 도달하는 순간의 감동이 아니었을까.

"왜 그런 무서운 방법으로 최후를 맞이하려 하는가"라는 목소리는 오래전 내가 모든 것을 놓아버리고 싶었을 때, 내가 누

창밖에서 무슨 책을 그렇게 열심히 바라보고 계시나요, 그냥 같이 서점에 들어가서 책을 직접 보면 어떨까요, 그렇게 말을 걸어보고 싶었다. 서점 책장에 진열된 책 표지를 뚫고 들어갈 듯 호기심에 불타는 눈빛이 참 어여쁘다. 책에 빠지면 나도 저런 모습이 된다. 그다음 이야기가 너무 궁금해서 한 페이지만 더, 한 페이지만 더 읽자고 되뇌다가 밤을 새워버린다.

군가로부터 그토록 듣고 싶어 하던 구원의 목소리 같았다. 왜 그렇게 무서운 방법으로 많은 것을 포기하고 싶었을까. 불가능해 보이는 모든 미션에 도전할 때 우리는 저마다 신화 속의 프시케가 된다. 신화가 내게 말을 거는 순간, 그 순간은 내가 가장 많이 상처받았을 때였고, 그리하여 내 마음이 가장 많이 열려 있는 순간이기도 했다. 분노에 사로잡히거나 절망의 나락으로 떨어질 때마다 내 안에서 속삭이는 보이지 않는 목소리에 귀를 기울인다. 가엾은 친구야, 왜 그토록 무서운 방법으로 세상을 버리려 하니. 나는 그 목소리가 지상을 떠나고 싶어 하는 모든 고통받는 사람에게 가닿았으면 좋겠다. 신화, 이야기, 즉 문학이 내게 선물한 것은 끝내 다시 이 세상을 살아갈 용기, 어떤 상황에서도 포기하지 않을 용기였기에.

그렇게 문학은 내 심장을 두드린다. 다시 일어서라고. 다시 사랑하라고. 다시 모든 장애물과 싸워 이기라고. 나에게 감동을 준 모든 뜨거운 이야기는 절망에 빠진 순간 오히려 더 커다란 힘을 발휘하며 속삭인다. 벗에게 배신당해도 부디 벗을 보살피라고. 사람들에게 무시당해도 더 나은 삶을 향한 도전을 멈추지 말라고. 누군가 너를 비웃어도, 네 꿈을 향한 발걸음을 멈추지 말라고. 네가 세상을 향해 쏟은 사랑을 돌려받지 못하더라도, 네 안의 더 크고 깊은 사랑을 끝까지 포기하지 말라고.

때로는 주연보다 조연이 아름답다

《힐빌리의 노래》

잿더미에서 찬란하게 일어서는 영웅이 보여주는 불굴의 삶 이야기는 언제나 매력적이다. 하지만 평생 영웅 따위는 될 수 없는 존재들, 영원히 최고의 스포트라이트 같은 것은 받을 수 없는 '주변부로 밀려난 조연들'이 때로는 더 복잡하고 처절한 매력으로 다가온다. 예컨대 작가 J. D. 밴스의 자전적 이야기《힐빌리의 노래》를 읽으며 나는 영웅적인 주인공 밴스보다 그의 그림자처럼 살아온 두 여인, 할머니와 엄마의 삶에 더욱 끌렸다. 심각한 알코올중독 상태인 아버지를 이 세상에 유일한 영웅처럼 사랑하던 엄마 베브. 그리고 약물중독으로 망가진 딸 베브를 제치고 손주 밴스의 보호자가 되기를 자청한 할머니 보니의 선택이 가슴을 울렸다.

밴스는 평생 따스한 가족의 사랑을 갈구하지만 어린 시절 부모의 이혼, 남자 친구가 자주 바뀌는 엄마의 불안한 삶은 밴스로 하여금 끝없는 결핍을 느끼게 한다. 무엇보다도 대대로 운명처럼 내려오는 끔찍한 가난은 총명하고 꿈 많은 밴스를 좌절시킨다. 간신히 마음을 다잡고 공부하려 할 때마다 엄마는 습관처럼 마약에 손을 대고, 남자 친구와 헤어지고, 걸핏하면 일자리를 잃는다. 약물중독에 빠진 엄마의 아들로 살기가 너무 힘들어 공부를 포기하고 말썽꾸러기 친구들과 어울리려는 찰나, 폐병에 걸려 죽음의 문턱을 오가던 할머니 보니가 밴스의 삶에 끼어든다. 보니는 알코올중독자 남편의 죽음에 이어 약물중독으로 딸까지 잃을 위험에 처하자 병마와 싸우면서도 죽을힘을 다해 손자 밴스를 구함으로써 이 가족의 마지막 희망을 찾으려 한다.

절망에 빠진 손주를 제대로 키우기 위해서는 누군가의 엄청난 인내와 희생이 필요함을 보니는 온몸으로 이해한다. 그런 보니를 통해 나는 아프게 깨달았다. 절망에 빠진 한 아이를 제대로 된 어른으로 키우기 위해 때로는 누군가의 평생을 걸어야 한다는 고통스러운 진실을. 보니는 무너져 가는 생명줄을 부여잡고 손주를 지키는 데 사력을 다한다. 딸 베브의 간호사 면허 정지를 막기 위해 손주에게 소변 샘플을 대신 받아달라고 부탁해야 하는 할머니의 고통을 어떻게 설명할까. 이 이야기의 영웅 밴스의 고통에는 성공과 환호라는 보상이 따르지만, 삶의 그늘진 자리에서 평생 누군가의 그림자로 살아가는 할머니 보니에게는 아무런 보상이 없기에 그 투쟁은 더욱 눈물겹다. 보상도 없고 이유를 설명할 수도 없는 고통, 끝없는 아픔의 행렬밖에는 보이지 않는 할머니의 희생 뒤에는 손주에 대한 사랑과 가족 중 단 한 명이라도 눈부신 삶의 주인공이 되기를 바라는 마지막 염원이 담겨 있었다.

고집스러운 괴짜 할머니 보니의 진짜 매력은 어떤 상황에서도 유머를 잃지 않는 따스한 마음이다. 당시 무려 180달러라는 고가에 판매되는 그래핑 계산기가 없어 수학 문제를 풀지 못하고 있던 손자를 위해 할머니는 끼니를 굶어가며 쌈짓돈을 털어 계산기를 사준다. 가난한 할머니에게 계산기는 값비싼 상품이었지만 마지막 희망인 손주를 위해서는 무엇이든 할 수 있었다. 약물중독에 빠진 엄마의 우울한 모습으로부터 밴스를 보호하고, 온몸으로 안식처가 되어준 할머니 보니 덕분에 밴스는 마침내 예일대학 로스쿨에 입학할 정도의 수재로 자란다. 할머니 집에 가자마자 성적이 올랐고, 외로운 소년 밴스가 한 번도 느껴보지 못한 '안정감'을 느끼기 시작한 것도 그 무렵이었다.

'힐빌리'는 미국의 쇠락한 공업지대인 러스트 벨트 지역에 사는 가난하고 소외된 백인 하층민을 가리키는 표현이다. 아픔을 고백하고 싶어도 마이크가 없는 사람들, 한 번도 자기 목소리를 내본 적 없는 사람들의 다른 이름이기도 하다. 나는 그의 성공 신화보다 그 할머니의 부서진 마음이 더욱 처절한 아름다움으로 다가왔다. 푸드스탬프(미국의 빈곤 계층에게 공급하는 음식 배달 서비스)에서 배달을 나온 젊은이에게 음식을 조금 더 달라고 구걸할 수밖에 없는 할머니. 자신은 간신히 살아남을 만큼 아주 조금만 먹고 손자에게는 많은 것을 나눠 주는 할머니. 중병을 앓고 있으면서도 정신 상태가 불안정한 딸에게서 손주를 데려와 기어이 공부를 시키는 할머니.

할머니 보니는 손주가 성공하는 것을 미처 보지 못한 채 눈을 감았다. 자칫 공부는 물론 모든 희망을 포기할 뻔했던 밴스는 할머니의 보험료를 대신 내며 뿌듯한 기쁨을 느끼는 늠름한 청년으로 성장한다. 한 번도 주목받는 생을 살지 못했지만 문학 작품을 통해 눈부신 '이야기의 메신저'가 되는 사람들. 누구도 백인 하층민 '힐빌리'의 노래에 귀 기울이지 않았지만 마침내 손주의 글쓰기를 통해 찬란한 이야기의 주인공으로 거듭나는 보니의 삶을 생각하면 가장 먼저 떠오르는 장면이 있다. 누나와 함께 연예인이 되겠다며 뉴욕으로 가겠다고 철없이 설치다 엄마에게 정신없이 맞은 날, 주방과 거실을 나누는 좁은 통로에 서 있던 밴스는 몹시 슬픈 표정으로 할머니에게 묻는다. 할머니를 '할모'라 부르며 어리광을 피우던 밴스의 이 질문은 보니를 당황스럽게 한다.

"할모, 신은 정말 우리를 사랑할까요?"

손주의 뼈아픈 질문에 당황한 할머니는 고개를 떨구고 손주를 껴안더니 꺽꺽 울기 시작한다. 지옥 같은 삶을 신에 대한 사랑과 믿음으로 간신히 버티던 할머니. 손주의 질문은 너무도 아프게 고통의 뿌리를 건드린다. 신이 우리에게만 사랑을 주지 않는 것 같을 때, 아무도 우리에게 필요한 사랑을 주지 않는 것 같을 때, 할머니는 절망해야 했다. 신의 사랑을 어디서도 경험할 수 없었던 손주에게 할머니는 인간의 사랑이 얼마나 크고 깊은지 몸소 보여주며 남은 시간을 모두 손주를 위해 불태운다.

문학은 또한 질문한다. 아무도 차마 공개적으로 묻지 못하는 것들을. 아무도 차마 소리 내어 말하지 못하는 분노를. 밴스는 힐빌리들이야말로 세상에서 가장 강인하고 지독한 사람들이라고 생각한다. 어머니를 모욕한 사람에게 찾아가 전기톱을 들이댈 수 있는 사람들이니까. 여동생을 모욕한 사람에게 찾아가 그의 입에 속옷을 욱여넣을 수도 있는 사람들이니까. 그러나 우리는 학대받은 아이들을 도울 힘이 없다고, 자신 같은 아이들이 세상과 맞서 싸워 이길 수 있도록 도울 힘이 없다고. 아이들을 학대하는 부모들은 거울에 비친 자기 모습을 똑바로 마주할 용기조차 없다고. 우리 개개인의 고통을 해결해 줄 공공 정책이나 국가는 존재하지 않는다고. 밴스는 이렇게 처절한 질문을 던지는 어른이 되었고, 할머니와의 추억은 밤하늘을 수놓은 별자리처럼 그의 삶을 밝혀준다.

문학은 나를 일깨운다. 첫 마음을 잊어버릴 때마다. 일상의 괴로움 속으로 숨고 싶을 때마다. 문학은 새로운 인물과 새로운 문장을 통해 내게 일깨워 준다. 내가 어떤 모습이든, 내 모습이 아무리 늙거나 변해도 내 무너져 가는 존재 뒤편에 숨은 '나의 첫 모습'을 기억해 주는 사람이 바로 우리가 영원히 사랑해야 할 존재라는 것을. 아무리 힘든 순간에도, 아무리 어처구니없는 사건이 일어나도 나의 나다움을 알아주는 사람을 향한 사랑을 일깨우는 것, 그것이 문학의 힘임을 이제야 알겠다. 문학은 내게 가르쳐준다. '너는 아마 실패할 거야'라는 내 안의 목소리와 싸울 힘을. 끝내 나를 알아주는 사람에 대한 멈출 수 없는 갈망. 나의 나다움을 있는 그대로 사랑해 주는 사람, 내 안의 가장 아픈 그림자와 가장 눈부신 빛을 동시에 알아주는 존재를 향한 멈출 수 없는 갈망. 그것이 사랑임을. 당신이 차마 누구에게도 말하지 못한 것들, 당신이 미처 표현하지 못한 분노 속에 당신의 진실이 있을 것이니.

눈도 보이지 않고 귀도 들리지 않는, 게다가 꼽추인 콰지모도는 항상 조연 중에서도 가장 눈에 띄지 않는 조연이었다. 그러나 노트르담의 종을 울리는 이 순간만은 눈부신 주인공이다. '노트르담의 꼽추'로 불리는 콰지모도가 온몸의 무게를 실어 대성당의 종을 울릴 때마다 그는 이 세상에 가장 중요한 소식을 알리는 주인공이 된다. 아무도 눈길을 주지 않는 이 가련하고 비천한 종지기의 삶에 관심을 기울이는 작가의 눈, 빅토르 위고의 눈이 있었기에 그는 비로소 걸작《파리의 노트르담》의 주인공이 될 수 있었다.

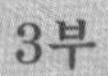

3부

내가 꿈꾸던 어른은 어디로 갔을까

그건 단지 동화가 아니랍니다

《행복한 왕자》

슬픔으로 가득한 세상에서 우리를 지켜주는 힘은 무엇일까. 그 힘을 이 세상 수많은 단어 중에서 고르라면 나는 '자비'를 선택하고 싶다. 자비의 핵심은 타인의 고통을 덜어주려는 강렬한 의지다. 나와 전혀 상관없어 보이는 타인의 아픔에 마음의 안테나를 드리우고, 마침내 그의 고통이 내 고통과 다르지 않음을 알게 되며, 서로 아무 상관 없어 보이던 우리가 처음부터 불가해한 인연의 네트워크로 연결되어 있음을 깨닫는 것. 왜 인간은 자신에게 돌아오는 것이 전혀 없을 때도, 심지어 해가 될 때조차 자비를 베풀 수 있는 것일까. 자비는 뜻밖의 장소에서 기적처럼 나타나기도 하고, 간절히 필요한 순간에 전혀 주어지지 않을 때도 많다. 그러나 이상하게 자비라는 말을 생각할 때마다 나는 깊은 슬픔과 함께 커다란 기쁨을 느꼈다. 흡사 자비라는 단어에는 감정의 양극단을 동시에 자극하는 스위치가 달린 것 같다. 자비는 인간이 실현할 수 있는 가장 아름다운 기적이면서 동시에 여전히 이 세상에 가장 부족한 가치처럼 느껴진다.

내가 자비의 진정한 의미를 이해하게 된 것은 문학작품을 통해서다. 자비를 생각하면 가장 먼저 떠오르는 이야기는 오스카 와일드의《행복한 왕자》다. 행복한 왕자를 예쁘장한 미담이나 동화 속 판타지로 생각하는 사람이 많지만 동화야말로 훌륭한 문학작품들의 무한한 보물 창고다.

왕자는 살았을 때 부족한 것이 전혀 없었기에 세상의 고통에 철저히 무관심했다. 이제 왕자가 죽어 동상으로 온 세상을 굽어보게 되니, 비로소 고통받는 타인들의 일상이 눈에 들어오기 시작한다. 행복한 왕자의 동상은 처음에 그 화려함으로 사람들의 눈길을 끈다. 금박을 입힌 번쩍번쩍한 피부, 사파이어로 만든 눈동자, 루비가 박힌 멋진 칼까지. 따스한 남쪽 나라로 날아가던 제비 한 마리가 동상에 걸터앉았다가 문득 왕자가 눈물을 흘리는 것을 발견한다. 왜 우느냐는 제비의 질문에 왕자는 대답한다. 인간으로 살 때는 눈물이 무엇인지 모를 만큼 행복하게 살았다고. 슬픔이라고는 스며들 틈이 없는 화려한 상수시궁

전에 살아 그 화려한 세상 너머에 무엇이 있는지 알려고 하지도 않았다고. 왕자가 죽자 사람들은 커다란 동상을 만들었고, 동상이 세워진 곳은 도시의 온갖 추악함과 비참함이 다 보이는 곳이었다. 그제야 왕궁 너머의 세상이 얼마나 커다란 고통과 슬픔으로 얼룩져 있는지 알게 된 왕자는 납으로 된 심장을 가지고도 눈물을 흘리지 않을 수 없었다.

왕자는 제비에게 손과 발과 날개가 되어주기를 부탁한다. 배고픈 아이한테 강물밖에는 먹일 것이 없는 가여운 엄마에게 칼자루에 박힌 루비를 선물해 달라고. 제비는 왕자의 눈물에 마음이 약해져 부탁을 들어준다. 따뜻한 이집트로 날아가려 했던 제비는 동료들로부터 뒤처져서 떠날 때를 놓쳐버린다. 제비는 왕자의 간절한 부탁을 들을 때마다 마음이 약해진다.

> "제비야, 제비야, 작은 제비야, 하룻밤만 내 곁에 머물면서 내 부탁을 들어주지 않겠니?"
> "내 발은 받침대에 묶여 있어, 나는 움직일 수가 없단다."

이런 문장을 읽을 때면 왕자의 목소리가 귓가를 간질이는 것 같다. 이 간절한 부탁을 거절할 수 없는 마음, 그 마음이 제비의 발목을 잡는다. 제비는 추위도 다급함도 제 목숨의 소중함도 잊어버리고 어제까지 전혀 자신과 상관없던 타인들의 목숨을 구하고 정작 자신은 점점 쇠약해진다. 제비가 타인을 향한 난데없는 사랑의 기쁨을 깨닫는 장면은 언제 다시 읽어도 뭉클하다.

> "그런데 참 이상하네요. 날씨가 이렇게 추운데 왜 나는 이토록 따뜻한 느낌이 들까요."
> 왕자는 다정하게 속삭인다.
> "그건 네가 착한 일을 했기 때문이야."

왕자가 구하고 싶은 또 하나의 비참한 존재는 가난한 예술가였다. 땔 장작도 없고 너무 배가 고파 글을 쓰지 못하는 극작가를 위해 왕자는 자기 눈을 뽑아다 주라고 한다.

> "이제 남은 것은 내 눈뿐이구나. 내 눈은 1000년 전 인도에서 가져온 진귀한 사파이어로 만들어졌단다. 내 눈을 뽑아서 그에게 가져다주렴."

더없이 명랑하던 제비는 자신의 눈을 빼서 가난한 예술가를 살리려는 왕자의 마음을 깨닫고 눈물을 흘리기 시작한다. 왕자는 명랑하기 이를 데 없던 제비를 기어이 울린다. 납으로 만든 심장을 지닌 왕자는 가난한 자들의 비참함에 눈물짓고, 따뜻한 남쪽으로 날아가던 제비는 가던 길을 잊고 왕자의 꿈을 이뤄

주며 눈물 흘린다. 누군가를 돕기 위해 자기 눈을 파내야만 하는, 누군가를 진심으로 걱정하기에 자기에게 소중한 것을 기꺼이 내어주는 행복한 왕자의 슬픔을 제비가 이해하기 시작한 것이다. 일단 타인의 슬픔에 공감하여 눈물을 흘리기 시작한 순간 우리는 자비의 네트워크에서 벗어나지 못한다.

마침내 성냥팔이 소녀에게 반대쪽 눈에 박힌 사파이어마저 준 왕자는 더 이상 아무것도 볼 수 없다. 자비를 실천하던 행복한 왕자가 자비를 절실히 필요로 하는 가엾은 존재로 바뀌었다. 그때 기적이 일어난다. 왕자가 비참한 이들을 바라보던 그 따스한 눈으로 제비가 왕자를 바라보기 시작한 것이다.

"왕자님은 이제 장님이 되었군요. 그러니 제가 언제까지나 당신 곁에 남아 있을 거예요."

제비의 사랑은 2차적 자비이며, 파생된 자비다. 사랑을 베푸는 자로부터 배운 사랑이다. 그런데 타인으로부터 배운 2차적 사랑이 원래의 사랑보다 더 커진다. 제비는 갈대의 아름다운 춤에 빠져 느닷없이 갈대를 사랑하는 탐미주의자였는데, 전혀 아름답지 않고 흉물스럽게 변해버린 왕자를 향한 사랑에 빠져 끝까지 그 곁을 지킨다. 이제 왕자의 눈물이 제비의 눈물이고, 왕자의 삶과 죽음이 곧 제비의 삶과 죽음이다. 행복한 왕자와 다정한 제비의 끊을 수 없는 인연을 사랑하는 우리 모두가 그들의 삶과 죽음에 깊이 연루되기 시작한다. 이것이 자비의 결정적인 본성이다. 난데없는 타인을 내 삶에 연결시키는 것. 자비는 우리를 뜻하지 않은 사건에 연루시킨다. 자비는 우리를 이전에 꿈도 꾸지 못한 따스한 존재로 변모시키고, 예전에는 시도조차 안 한 낯선 행동으로 이끈다.

남에게 줄 것이 더는 남아 있지 않다고 생각하는 순간, 왕자는 제비에게 속삭인다. "내 온몸이 순금으로 덮여 있잖아." 순금을 한 조각씩 떼어다 가난한 이들에게 나누어 주며 제비는 배고픔과 추위에 떨지만, 제비의 몸짓에서는 어떤 위엄과 기품마저 느껴진다. 모든 것을 잃은 후에도 왕자의 자비는 멈추지 않는다. 이 자비는 처음의 자비를 뛰어넘는다. 자비를 가르쳐준 존재와 자비를 배운 존재의 완벽한 하모니가 이루어지고 있기 때문이다. 처음보다 더 큰 사랑이, 처음보다 더 깊고 처절한 사랑이 둘을 하나로 만들어준다. '왕자와 제비'는 마치 한 몸처럼 하나의 거대한 사랑을 실현한다. 제비는 행복한 왕자에게 입을 맞추고, 그 발치에 떨어져 죽는다. 바로 그때, 동상 안쪽에서 무언가가 쨍그랑 깨지는 소리가 난다. 납으로 된 왕자의 심장이 둘로 쪼개진다.

《행복한 왕자》에서 내 마음을 가장 아프게 한 장면이다. 제비가 죽고 나서 왕자의 심장, 납으로 만들어져 절대 뛰지 않으리라고 짐작했던 그 왕자의 심장이 둘로 쪼개지는 순간이다. 자비로운 왕자는 정작 가까운 제비의 고통을 보살피지 못한 것이다. 왕자와 제비는 가장 가까운 곳에는 오히려 다다르지 못하는 자비의 사각지대를 생각하게 한다. 남을 돕느라 가족과 멀어지는 사람도 있고, 타인에게는 간도 쓸개도 내어줄 듯 다정한 사람이 정작 가족으로부터는 사랑받지 못하는 경우도 있다. 세상 누구보다 따스하고 다정한 왕자의 손길로도 결코 만져주지 못하는 아픔이 있으며, 아무리 보살피고 또 보살펴도 미처 보이지 않는 타인의 슬픔이 있다. 지상의 모든 슬픔에는 사각지대가 있다. 네모난 그릇의 모서리 부분을 닦기가 가장 어려운 것처럼 아무리 꼼꼼히 씻어도 닦이지 않는 눈물이 있다. '문학 한다'는 것은 바로 그 슬픔의 사각지대를 끝까지 발굴해 모두가 볼 수 있는 언어의 햇빛이 쏟아지는 세상으로 데려오는 일이다. 아직 보살피지 못한 슬픔의 사각지대가 남아 있는 한, 작가는 결코 목마른 창작의 붓질을 멈출 수 없다. 자비는 행복한 왕자에게서 제비에게로 아름답게 전염되며 어떤 약도 없는 아름다운 질병이 된다. 결코 낫고 싶지 않은 아름다운 마음의 질병, 자비. 그것이 문학이 내게 가르쳐준 자비의 찬란한 빛이다.

《행복한 왕자》를 쓴 작가 오스카 와일드의 묘지는 세상에서 가장 인기 있는 '작가의 무덤' 중 하나다. 살아 있을 때 동성애 성향과 자유분방한 애정관으로 매서운 비판을 받았고 재판에 회부되어 실형까지 살았지만 이제 세상에는 오스카 와일드의 자유를 이해하고 공감하는 사람이 많아졌다. 전 세계 팬들이 비석 위에 키스 마크를 너무 많이 남겨 놓아 지금은 거대한 유리막을 설치했을 정도다.

내 안의 빛을 알아보는 단 한 사람

〈**나의 작은 시인에게**〉

'저 사람이 세상 풍파에 시달리기 전에는 얼마나 많은 재능과 가능성이 그의 삶을 반짝이게 했을까' 하는 안타까움을 느낄 때가 있다. 그가 시인의 꿈을 포기하지 않았더라면, 자기 안에 숨어 있을지 모르는 화가의 재능을 발견했더라면, 가족을 먹여 살리기 위해 자기 꿈을 저버리지 않았더라면, 얼마나 눈부신 미래가 그의 앞에 펼쳐졌을까. 죽어라 일만 하며 가족을 먹여 살리다가 어느 날 갑자기 거대한 벌레로 변해버린 《변신》의 그레고르처럼, 어떤 사람들은 자신의 빛을 스스로 차단한 채 자기 재능과 잠재력을 모른 척한다. 사람들은 너무 일찍 체념한다. 이제 너무 늦었다고. 잃어버린 꿈을 되찾고 표현해 본 적 없는 재능의 날개를 펴기에는 우리가 너무 나이 들고 재능의 씨앗 또한 말라버렸다고. 하지만 억압된 꿈은 언젠가는 반드시 되돌아온다. 젊은 시절 꿈꾸던 삶의 이상적인 이미지는 생이 끝날 때까지 우리를 놓아주지 않는다. 더 늦기 전에, 더 몸과 마음의 체력이 떨어지기 전에 우리는 자기 안에 숨은 시인의 목소리를, 화가의 필치를, 음악가의 재능을 끌어내기 시작해야 한다.

늦게 피는 꽃은 더 늦게까지, 더 오래오래 아름다움을 뿜어낸다. 대기만성형 데뷔에는 뜻밖에도 수많은 장점이 있다. 젊은 시절 객기가 넘쳐흘러 흔히 저지르는 실수의 확률이 낮아지고, 재능을 과시하려는 섣부른 욕심을 내지 않게 된다. 문학은 다행히 아무런 자본도 필요로 하지 않는 예술이어서 수많은 작가가 늦은 나이에 데뷔하여 재능의 꽃을 피웠다. 마치 처음부터 다 자란 채로 무장까지 하고 이 세상에 태어난 아테네 여신처럼 완숙한 상태로 우리 앞에 나타난 작가가 수도 없다. 경험과 상상력이라는 자본만 있으면 우리 안의 재능은 언제든지 꽃을 피울 준비가 되어 있다.

그런데 숨은 재능이 꽃을 피우기 위해서는 재능을 발견하는 또 다른 재능이 필요하다. 예술가를 가르치는 사람에게 꼭 필요한 재능이 이것이다. 영화 〈나의 작은 시인에게〉(2019)를 보면서 나는 우리 안에 잠자는 시인 혹은 예술가의 목소리를 끌어내는 것이 얼마나 소중한 일인지 새삼 깨달았다. 유치원 교사 리사(매기 질렌할)는 다섯 살 소년 지미에게 천재적 재능이 있음을 발견한다. 지미는 그것이 시인지도 모른 채 아무 데서나 아름다운 말들을 쓸데없는 혼잣말처럼 쏟아낸다. 리사는 지미가 시를 떠올릴 때마다 곁에서 받아 적으며 언젠가는 시집을 출간해 주고 싶어 한다. 리사에게는 크나큰 좌절의 경험이 있다. 시인이 되고 싶지만 재능이 부족함을 안다. 리사는 지미 같은 눈부신 재능이 없음에 절망하면서도 틈날 때마다 글쓰기 수업을 들으며 끝없이 시인의 삶에 다가가려고 노력한다. 그런 리사의 꿈을 아무도 인정해 주지 않고 가족들마저 리사가 헛된 꿈을 꾸고 있다고 생각하며 희망을 꺾어놓는다.

한편 지미의 아버지는 아들의 재능을 키워주려는 생각이 없다. 관심은 오직 돈이고, 지미가 가난한 시인이 되기보다는 능력 있는 직장인이 되어 부족함 없이 살기를 바란다. 리사는 시인이 되기는커녕 독서조차 권장하기 어려운 세상에서 절망감을 느낀다. 시인이 되어서 어떻게 먹고살겠냐는 지미 아버지 같은 사람들의 시선, 온갖 미디어로 끊임없이 소비의 욕망을 부추기는 세상, 아이들이 책은 거들떠 보지도 않고 유튜브만 붙들고 있는 세상을 리사는 너무도 벗어나고 싶지만 천재 소년 지미를 구출할 방법이 없다. 시인을 꿈꾸는 엄마를 노골적으로 무시하는 딸과 아들을 보면서 리사는 또 좌절한다. 다섯 살 지미가 그녀에게는 처음부터 다시 후회 없이 보살피고 아낌없이 재능을 키워줘야 할 자신의 분신처럼 느껴진 것이 아닐까.

영화는 점점 지미를 통해 자기 꿈을 대신 이루려는 리사의 일그러진 욕망을 슬픈 시선으로 비춘다. 그녀의 재능을 단 한 사람만 알아주었어도 그렇게 깊은 절망의 나락으로 빠지지 않았을 것만 같다. 아무도 그녀의 재능을 알아주지 않았다. 그녀는 시인의 재능은 부족했지만 시인의 재능을 발굴하는 재능이 있었다. 훌륭한 스승의 재능, 가르침의 재능, 재능을 끌어내는 재능을 가지고 있었던 것이다. 진정한 재능을 알아보는 재능 또한 아무한테나 주어지는 것은 아니다. 리사는 직접적 이해관계가 전혀 없는 아이를 위해 인생을 바칠 준비까지 되어 있었다. 우여곡절 끝에 결국 지미와 영원히 이별해야 하는 순간, 리사는 절규한다.

"세상이 너를 지울 거야. 이 세상은 너를 존중하지 않아. 이 세상에 널 위한 자리는 없어."

이 말을 들으며 내 마음 한 켠이 무너져 내렸다. 마치 리사 자신을 향한 절망적인 외침 같아서. 재능을 꽃피우기를 포기한 리사는 이렇게 속삭이는 것만 같았다. 세상이 나를 지울 거야. 이 세상은 나를 존중하지 않아. 이 세상에 날 위한 자리는 없어.

하지만 우리 안에는 각자 생이 끝나는 날까지 돌보고 보살펴야 할, 저마다의 내면에서 반짝이는 재능이 있다. 그 재능과 열정을 키우느냐 혹은 압살하느냐는 오직 우리 선택에 달렸다. '내 안의 작은 시인'에게 마음의 곁을 내준다는 것은 남들의 시선에 일희일비하지 않고 나만의 내면세계, 나만의 창조 작업의 공간을 지켜낸다는 뜻이다. 나는 종일 온갖 감정 노동에 시달리다가도 집에 돌아와 책을 읽는 시간, 일기 한 줄이라도 또박또박 쓰는 시간만큼은 진정한 나 자신이 되는 희열에 사로잡힌다. 작가가 아니었어도 나는 글 쓰는 일을 사랑했을 것이다. 일기든 편지든 이메일이든 문자메시지든 우리가 글을 쓸 기회는 얼마나 많은가. 우리가 단지 사무적인 내용이나 남들의 뒷이야기가 아니라 오직 글로만 제대로 표현할 수 있는 나의 마음을 적어보고 싶은 순간들은 또 얼마나 많은가. 모든 절망과 권태의 시간 속에서 읽기와 쓰기는 나를 굳건히 지켜주었다. 세상의 폭풍우에 지지 않고 당신만의 작은 사유와 창조의 공간을 만들 수만 있다면 세상은 결코 당신을 지우지 않을 것이다. 리사와 강제로 이별해야 하는 마지막 순간 지미는 외쳤다. "시가 생각났어요!" 하지만 이제 지미의 속삭임을 들어줄 사람은 아무도 없다. 소년의 자그마한 입술에서 무지갯빛 분수처럼 뿜어져 나오는 찬란한 시어의 향연을 이제 아무도 받아 적지 않을 것이다.

《변신》의 그레고르 잠자에게도 리사처럼 그의 빛을 알아주는 스승이 필요했던 것이 아닐까. 아무도 그레고르의 빛을 알아주지 않았다. 누이에게 그레고르 잠자가 벌레가 되든 말든 그를 안아주는 용기가 있었다면. 우리는 우리가 사랑하는 이들에게 그런 따스함을 선물해야 할 의무가 있다. 그들이 지쳐 쓰러져 모든 희망을 잃어버리기 전에. 나는 가끔 내가 도대체 왜 이렇게 문학에 미쳐 있는 것일까 질문해 보곤 한다. 내게 기쁨보다는 슬픔을 더 많이 안겨준 문학을 왜 나는 여전히 버리지 못할까. 돌이켜 보니 그것은 내 안의 빛을 알아주는 이를 찾기 위한 몸부림이었다. 나만의 빛을 알아줄 것만 같은 사람들이 가장 많이, 가장 아름다운 모습으로 살고 있는 공간이 바로 소설 속 세계였다. 문학작품에는 그레고르 잠자의 아버지처럼 자식이 돈을 벌어 오기만을 바라는 차갑고 무서운 사람들보다 이방인의 친구, 왕따의 연인, 한 번도 사랑받지 못한 이들을 따스하게 보듬는 사람들이 훨씬 많이 등장한다.

'들어주는 사람'이 있어야 하는 것, '읽어주는 사람'이 있어야 하는 것, 그것이 문학의 외면할 수 없는 과제다. 재능을 알아보는 재능이야말로 문학작품의 독자가 지닌 무시무시한 힘이다. 세상이 본래 지니고 있던 생생한 활기, 우리가 이미 가지고 있지만 발휘하지 못하는 재능, 우리 안에 숨은 시인의 목소리를 불러 깨우는 일, 그것이 문학이다. 단 한 번, 시 한 편을 쓰고 그

다음 날 죽는 한이 있어도 우리는 포기하지 말아야 한다. 내 안에서 꿈틀거리는 시인의 재능, 내 안에서 반짝이는 최고의 목소리를 꺼낼 힘, 내 안에 있는 가장 아름다운 재능을 세상에 표현할 힘은 우리가 살아 있는 한 결코 시들지 않는다. 그 힘을 일깨우지 않으면 우리는 평생 '아직 긁지 않은 복권'으로만 살다가 지나간 나날들을 한탄하며 생을 낭비할지도 모른다. 부디 잊지 말았으면. 자기 안의 시인, 자기 안의 화가, 자기 안의 피아니스트를 끌어내는 힘은 다름 아닌 나 자신에게 있음을. 이제야 알 것 같다. 끝내 내 편이 되어주는 말들, 결국 내 빛을 알아주는 이들을 찾는 것이야말로 문학의 잠들지 않는 마력이었음을.

마르세유 항구에서 두 친구가 바다를 바라보며 앉아 있는 모습이 아름다웠다. 나에게도 그런 벗이 있었다. 그냥 바다를 바라보며 맥주 한 캔 같이 마시면 모든 걱정이 다 사라질 것만 같은 그런 벗이 있었다. 내가 몹시 방황하며 지쳐 있을 때도 내가 세상에 한 번도 보여준 적 없는 빛을 "네가 이미 한 아름 다 가지고 있다"라며 나를 격려해 준 친구가 그립다. 내 캄캄한 어둠을 다 알면서도 한사코 내 안의 찬란한 빛을 믿어주었던 친구가 그립다.

나의 행복이
당신을 찌른다면

《가든파티》

당신이 어떤 범죄도 저지르지 않았다면, 당신이 남의 눈에 띄는 어떤 손해도 끼치지 않았다면, 당신은 완벽하게 선량한 사람일까. 나는 스스로에게 이런 질문을 자주 한다. 답은 점점 "아니요" 쪽으로 기운다. 우리는 대체로 착하고 바르게 살고 있다는 자기 암시를 계속하지만 우리도 모르게 저지르는 실책에서 완전히 벗어날 길이 없다. 우리가 버린 플라스틱 쓰레기로 인해 거북이를 비롯한 온갖 바다 생물이 죽어가고, 우리가 먹은 소고기와 돼지고기로 인해 수질오염과 토양오염이 날이 갈수록 심각해진다. 이뿐 아니다. 내가 전혀 의도하지 않은 모든 순간 나로 인해 상처받은 사람들이 있을 것이다. 내가 다른 사람이 무심코 던진 말로 인해 걸핏하면 상처받듯이. 우리는 그렇게 서로에게 무심코 상해를 입히고, 그것이 심각한 상처인지도 모른 채 스스로를 보살피지 않고, 타인의 상처를 어루만지는 데도 여전히 수줍거나 소극적이다.

내가 문학작품을 읽는 것은 이렇게 잘 모르고 저지르는 우리의 잘못에서 벗어나기 위한 몸부림이기도 하다. '내가 미처 보살피지 못한 타인의 상처'를 통해 '내가 무의식적으로 저지르고 있는 잘못'을 되돌아보기 위함이기도 하다. 아무 죄도 없으면서 평생 부끄러움을 화두로 시를 써야 했던 윤동주의 무참한 슬픔을 이제는 조금 알 듯하다. 착하기 이를 데 없는 사람도, 누구에게든 상처를 입힐 것 같지 않은 사람조차도 끝없이 잘못을 저지르며 살아간다. 그것이 생의 본질적 조건이다. 《오즈의 마법사》에서 혹시 조그마한 벌레라도 밟을까 봐 노심초사하며 눈을 크게 뜨고 조심조심 걸어가는 양철 나무꾼처럼. 우리는 타인에게 상처를 주지 않는 마음의 기술을 평생 연마해야 하는 것이 아닐까.

캐서린 맨스필드의 소설 《가든파티》는 타인에게 상처를 주지 않으려는 한없이 조심스러운 마음을 가르쳐준 아름다운 작품이다. 주인공 로라에게 가든파티가 열리는 날은 아주 오랫동안 기다려온 설렘과 축복의 시간이었다. 이제 막 사춘기에 접어든 로라는 정원을 세련되게 장식하고, 악단을 부르고, 음식을 장만하는 '파티의 주인공'이 되는 그날을 손꼽아 기다렸다. 호화로운 저택에서 아무 부족함 없이 살던 로라는 건장한 인부들이 자신의 가든파티 준비를 돕기 위해 힘든 육체노동을 척척 해내는 모습을 보며 감탄한다. 연약하고 지루한 부잣집 도련님들만 알고 지내온 로라의 눈에 비친 인부들은 생동감이 넘치는 존재, 바라보고만 있어도 기분 좋아지는 존재로 다가온다. 함께 춤을 추지만 전혀 매력을 느끼지 못하는 부잣집 도련님이 아니라 이렇게 건장하고 매력적인 인부들을 친구로 사귀면 어떨까 하는 즐거운 상상에도 빠져본다. 로라는 사람을 계급으로 차별하지 않고 있는 그대로의 존재로 바라보려 한다.

그런데 로라의 순수한 마음에 균열을 일으키는 사건이 발생한다. 모두가 파티 준비에 열심인 동안 이웃의 짐꾼 스코트가 말에서 떨어져 죽었다는 소식이 들려온 것이다. 그토록 기다려온 가든파티 당일에 바로 길 건너 사는 이웃이 사망했다는 사실을 알게 된 로라는 충격을 받는다. 로라는 집 근처에서 사람이 죽었는데 차마 가든파티를 열 수는 없다고 생각한다. 이런 결심을 말하자 엄마는 태연하게 반응한다. 우리가 파티를 그만둬야 할 아무런 이유도 없다고. 그들은 우리의 희생을 바라지 않는다고. 로라가 모두의 행복한 분위기를 망치고 있다고. 스코트의 죽음만큼이나 엄마의 냉담함에 충격을 받은 로라는 어쩔 줄 모르지만, 엄마는 화려하기 이를 데 없는 새 모자를 씌워주며 제발 파티에 집중할 것을 명령한다. 이건 아닌데 싶으면서도 거울 앞에 선 로라는 자신의 아름다운 모습에 반해버린다.

파티의 여주인공에게 딱 어울리는 호화로운 모자는 로라의 부끄러움을 마비시킨다. 로라는 몰려드는 손님들과 흥겨운 음악, 현란한 파티 장식, 맛있는 음식에 파묻혀 이웃의 죽음을 애도하는 의미에서 파티를 취소해야 한다던 애초의 신념을 접고 만다. 악단의 음악 소리와 손님들의 왁자지껄한 대화 소리가 스코트의 장례식장까지 들릴까 봐 노심초사했던 로라. 그러나 막상 파티의 흥겨움이 절정에 달하자 스코트의 죽음이 전해준 심각한 화두를 깡그리 잊고 파티의 여주인공이 된 듯 찬란한 희열에 흠뻑 도취한다. 진정 어려운 결정의 순간은 파티가 끝난 뒤 찾아온다. 스코트네 집안에는 관심도 없던 어머니가 갑자기 로라에게 파티에서 남은 음식을 장례식에 갖다주라는 어처구니없는 명령을 내린 것이다. 호기심 반 걱정 반으로 장례식에 가게 된 로라는 드디어 자신이 그저 막연히 동경하던 일꾼들의 세계가 얼마나 거칠고 힘든 것이었는지를 생생하게 깨닫는다.

로라의 일거수일투족, 옷차림 하나하나가 빈민가 사람들에게는 처음 보는 구경거리였다. 로라는 미술관의 풍경화를 바라보듯 인부들의 힘찬 노동의 세계를 멀리서 '감상'했을 뿐 이 세계를 제대로 이해할 준비가 전혀 되어 있지 않았던 자신을 발견한다. 그리고 가장의 죽음을 안타까워할 기운조차 남아 있지 않은 스코트 씨 가족을 본 순간 자신이 그토록 안전하다고 믿었던 평온하고 아늑한 세계가 붕괴하는 느낌에 사로잡힌다. "그 불쌍한 사람들에게 이 완벽하고 훌륭한 음식을 갖다주고 오너라." 어머니의 명령은 부의 과시였고, 치사한 생색이었으며, 죽은 이에 대한 배려나 애도라고는 눈곱만치도 찾아볼 수 없는 냉혹함의 발로라는 것을 로라는 아직 이해하지 못한다. 스코트 가족은 친절하게 로라를 맞으며 스코트의 시신까지 보여준다. 로라는 가족을 위해 평생 뼈 빠지게 일하다가 비명횡사한 스코트의 얼굴이 뜻밖에도 너무나 평화롭고 아름답게 느껴져 또 한 번 충격을 받는다. 로라는 울면서 그 집을 뛰쳐나온다. "내 모자를 용서해 줘요!" 로라는 자신의 화려한 옷차림이 그들의 참혹한 슬픔에 어울리지 않는다는 것을 깨달은 것이다.

로라가 지금 당장 세상을 바꾸는 혁명가가 되지 못할지라도 분명 어머니보다 나은 선택을 하며 살아갈 것이다. 로라는 부끄러움이 무엇인지 알기 때문에. "내 모자를 용서해 줘요"라고 말할 수 있는 용기를 지닌 사람이기에. 더 많이 가지고 싶은 열망 때문에 화려한 것들에 마음을 빼앗기는 순간마다 나는《가든파티》의 로라를 생각한다. 가난한 가장의 죽음을 애도하는 사람들의 슬픔 앞에서 로라가 화려한 모자를 부끄러워했듯이, 우리 또한 자신이 이미 가진 것들이 누군가에게 칼이 되고 화살이 될 수 있음을 기억해야 하지 않을까. 이 순수한 부끄러움은 훗날 타인의 슬픔에 기꺼이 참여하는 용기의 씨앗이 될 것이다.

문학이 내게 가르쳐준 것은 마침내 꿈이 이루어지는 기적 같은 순간(《노인과 바다》처럼)의 아름다움이다. 하지만 꿈이 이루어지지 않더라도 어쩌면 지켜야 할 더 소중한 것이 있다는 사실 또한 문학에서 배웠다. 화려한 욕망을 포기하고 올바른 신념을 따르는 자에게는 어떤 상도 주어지지 않는다. 그저 나 자신이 최선을 다해 올바른 선택을 했다는 기억만이 남는다. 그러나 그것만으로도 충분하지 않은가. 아니, 그것이야말로 어떤 상보다 소중한 생의 가치가 아닐까. 언젠가는 우리 한 사람 한 사람이 아무도 모르게 추구하던 올바른 선택들이 모여 눈부신 인류의 별자리가 될 것이다. 때로는 부끄러움이야말로 우리가 잊지 말아야 할 가장 절실한 감정일 수 있다. 내게 그 부끄러움의 소중함, 조용한 배려의 아름다움을 일깨운 작품이 캐서린 맨스필드의 《가든파티》다.

"내 모자를 용서해 줘요"라고 외치며 도망치듯 장례식장을 빠져나가는 로라의 애처로운 뒷모습이야말로 우리가 지켜야 할 윤리의 마지노선이다. 로라는 가난한 스코트 씨 가족이 평생 만져볼 수 없는 화려한 모자를 쓰고 장례식장에 나타난 자기 모습이 칼날처럼 스코트네 가족을 찌르고 있음을 깨닫지 않았을까. 우리가 이미 누리고 즐기는 것에 대한 부끄러움을 잊어버리면 결코 자기도취와 허영에서 벗어날 수 없다. 나는 이 작품을 통해 아프게 배웠다. 부끄러움이야말로 우리를 인간답게 만드는 감정이라는 것을. 타인을 향한 조용한 배려야말로 우리를 더 나은 존재로 만들어주는 힘이라는 것을.

길을 걷다가 청소부를 만나면 내가 방해가 되지 않을까 싶어 길을 비켜주게 된다. 쿠바에서도 나는 익숙하게 길을 비켜드렸다. 내가 한가로이 산책하는 모습이 그에게 상처가 되지 않을까 조심스러웠다. 그런데 아저씨가 씨익 웃더니 길을 비키려는 나를 막아섰다. 장난기 어린 웃음이 눈가에 비쳤다. 그가 나에게 더 가까이 다가왔다. 다짜고짜 춤을 추자고 했다. 그는 덩실덩실 춤을 추며 청소를 했다. 춤인지 청소인지, 청소를 가장한 춤인지 헷갈릴 만큼 그의 몸짓은 현란하고 우아했다. 내 행복이 혹시나 그를 찌를까 걱정했는데 오히려 그의 행복이 나를 찌른다. 난 거리에서 저렇게 아름다운 춤을 추지 못한다.

너무 많은 것을 가져도 여전히 불행한 사람

〈소유의 문법〉

체 게바라 같은 과거의 혁명가들은 '가난'과 싸웠지만 오늘 새로운 삶을 꿈꾸는 혁명가들은 '부'와 싸워야 하지 않을까. 현대인은 과거보다 훨씬 많은 것을 가졌지만 저마다 더 많은 것을 가지지 못해 안달한다. 헨리 데이비드 소로의《월든》은 더 많이 소유하기 위해 더 자주 현재의 행복을 포기하는 현대인의 어리석음을 꼬집는다. 끊임없이 물건을 사들인 뒤 그 물건을 쌓아두고 제대로 사용하지도 못한 채 장례식이 끝난 뒤 죽은 자의 물건을 또다시 사고파는 인간의 행태를 낱낱이 고발한다.《월든》에서 헨리 데이비드 소로는 속삭인다. 간결하게, 간결하게, 이루

말할 수 없이 간결하게 살자고. 소로에게 물질적 간결함은 정신적 풍요를 위한 필수 조건이다. 삶을 철저히 간소화한 뒤 남는 에너지와 시간으로 진정 내가 원하는 삶을 원없이 살아보자는 것이다.

소로의 시대보다 물질적으로 훨씬 풍요로워진 지금 집마다 넘쳐나는 물건만큼이나 무서운 것은 그칠 줄 모르는 '타인과의 비교'다. 절대적 가난보다 상대적 박탈감이 훨씬 무서운 것은 '탐욕을 정당화하는 인간의 본성'이 고개를 든다는 점이다. 사람들은 입을 모아 말한다. "모두가 가난했을 때는 그래도 서로 돕고 살았는데." 이제는 이미 집을 가진 사람들도 저 사람보다 내 집값이 안 오른다고 불평하며 우울감을 호소한다. 청년들조차 갭투자에 열을 올리고, 이미 멀쩡한 집을 가진 사람들이 집을 '살아가는 곳'이 아니라 '투자 대상'으로 생각하는 사회. 이런 사회는 '부'를 향한 탐욕 때문에 진정한 창조성을 저당 잡힌 사회이며, 아이들에게 물려줘야 할 가장 소중한 자산이 다른 무엇도 아닌 사랑과 희망임을 잊어버린 사회가 아닐까. 문학은 이렇게 무언가 심각하게 잘못되어 가는 사회를 향해 간절한 물음을 던진다. 조세희의 《난장이가 쏘아올린 작은 공》부터 김애란의 〈성탄특선〉에 이르기까지, 문학은 때로는 가난과 싸우고 때로는 부와 싸우며 구조화된 불평등에 맞서왔다.

최유의 단편소설 〈소유의 문법〉은 우리 현대인의 탐욕을 적나라하게, 그러면서도 우아하고 현명하게 통찰한다. 이 작품은 가난이나 부와 싸우는 차원을 뛰어넘어 '소유'라는 관념 자체와 싸우고 있다.

마음이 아픈 아이 '동아'의 아빠인 '나'는 자꾸만 아무 데서나 고함을 지르며 괴로워하는 아이의 증세 때문에 골머리를 앓는다. 자폐와 발달 장애를 겪는 딸을 돌보느라 부모가 모두 커리어를 거의 포기한 상태지만 두 사람은 딸을 너무 사랑하기에 불평 한마디 없이 힘겨운 시간을 견디며 동아를 애지중지 키운다. 그러던 중 학창 시절 스승인 미국에 사는 유명 조각가 P가 '나'에게 자신이 소유한 두 채의 전원주택 중 하나가 비었으니 들어가 살면서 집을 보살펴 달라고 부탁해 온다. 빈집을 관리하는 것으로 임대료를 대신하고, 딸 동아가 마음껏 뛰놀 산골로 이사가게 된 것은 '나'에게 엄청난 축복이었다. 아름다운 산골 마을에서 평화롭게 전원생활을 즐길 수 있게 된 '나'는 딸 동아의 증상이 호전되는 것을 느끼며 더욱 기뻐한다. 딸의 증상이 점점 완화되는 동안 아내는 화가의 꿈을 다시 키우고 '나'는 목공에 더 많은 시간을 할애할 수 있게 된다.

아름다운 S 계곡으로 이사하기 전 동아네 가족은 붕괴 직전이었다. 동아의 고함 소리는 뭔가를 다 아는 듯 느껴져서, 세상 모든 고통을 짊어지고 온 정성을 다해 절규하는 듯 느껴져서 듣고 있는 부모의 마음을 더욱 참담하게 만든다. 부모는 딸이 소리를 지르다가 혼절할까 봐 두렵기도 하지만, 도대체 딸이 왜, 누구에게 무슨 말을 하고 싶어 그토록 절규하는지 알 수 없다는 점이 더욱 고통스럽다. 동아의 고함 소리 때문에 아파트 경비실로 민원이 잦아지자 그들은 전셋집을 내놓고 산골의 우사를 개조하여 살아야겠다는 결심을 할 정도였다. 이런 가족에게 아름다운 전원주택과 산골 마을의 완벽한 풍광까지 선물한 P는 '감사'라는 말로는 도저히 표현할 수 없는 커다란 선물을 준 셈이다. '나'에게는 모두 감사할 것투성이다. 마을의 유일한 흠이라고 알려진 커다란 계곡물 소리도 동아의 고함 소리를 가리는 고마운 방음 장치가 되어준다.

워낙 외진 곳이라 가게에 한번 다녀오기가 힘들어 보이지만 한밤중에도 갑자기 고함을 지르는 동아의 증상을 생각하면 그 또한 한없이 고맙다. 동아가 갑자기 소리를 질러도 누구에게도 미안할 필요가 없었으니까. 부부는 고함치며 절규하는 딸의 심각한 증상까지 사랑으로 보듬으려 노력한다. 동아는 혼자만의 절실한 제의를 치르는 듯 고함을 칠 때마다 한 손을 높이 들고 커다랗게 원을 그린다. 아내는 그런 동아의 모습을 스케치하고 '우주를 향해 외치는 소녀'라는 이름을 붙인다. 우주를 향해 외치는 소녀의 속내를 조금이라도 이해하고 싶지만 동아는 열 살이 넘어서도 제대로 의사 표현을 못한다.

그러던 중 마을공동체에서 큰 사건이 터진다. 시골 마을 주민이 다짜고짜 한 탄원서에 서명하라고 나를 부추기기 시작한 것이다. 마을 사람들의 편의를 봐주며 친분을 쌓아온 대니얼 장에게 P의 주택 소유권을 이전하라는 황당한 내용이었다. 이해관계에 얽힌 주민들은 '대니얼 장'의 편을 들지만, '나'는 엄연히 소유권을 가진 은사 P가 이런 곤경에 처한 것을 이해하지 못한다. 이곳에 살지 않고 집을 소유만 하고 있다는 이유만으로 근거 없이 P를 모함하는 주민들은 서명을 하라고 압박하지만, '나'는 동네에서 따돌림받는 고통을 감수하면서도 옳지 않은 일에는 발을 들이지 않는다. 이 모든 것과 상관없이 홀로 우주와 소통하듯 즐겁게 지내는 딸은 가끔 '비명'을 통해 이 견딜 수 없는 불합리를 저 먼 곳을 향해 고발하는 듯하다. 동아의 절실한 외침은 누구를 향한 것인지 알 수 없지만 적어도 독자의 가슴을 알 수 없는 그리움으로 저릿하게 만든다. 동아는 도대체 무슨 말을 하고 싶은 걸까. 누구를 향해 저토록 절실한 메시지를 보내는 것인가. 동아의 간절한 메시지는 과연 수신자를 향해 가닿을까.

독자는 산골 마을의 조용한 삶이 딸의 아픔을 치유하고 있음을 느낀다. 동아가 산책길에서 주워 온 물건들을 가만히 관찰하는 동안 아빠는 나무들을 유심히 살피며 조용한 시간을 보낸다. 그런 두 사람의 모습은 신기하게도 평화로워 보인다. 아무런 의미를 부여하지 않고 그저 자연의 사물들에 조용히 집중하는 딸의 행동이야말로 그 무엇도 소유하지 않은 채로 행복을 느끼는 낙원 같은 삶이 아니었을까.

집의 소유권을 둘러싸고 주인을 몰아내기 위한 기이한 협잡을 벌이는 동네 주민들에게, 갑작스레 물난리와 산사태가 덮쳐 사태는 일단락된다. 그리고 '소유란 무엇인가'를 둘러싸고 갑론을박하며 서로 싸우던 어른들의 떠들썩함이 사라진 자리에서 '나'는 목수로 독립하고, 딸은 비로소 글자를 읽게 된다. 모두가 '소유권'에 집착하며 집주인을 내쫓는 공작을 벌이는 동안 누구도 소유할 수 없는 자연을 조용히 경외하며 살아가던 '나'와 딸은 그 여름 훌쩍 성장하고 치유되어 더 나은 삶을 살게 된다.

어떤 소유의 문법에도 물들지 않고 자기만의 올바른 길을 찾으려고 애쓰는 '나', 소유가 무엇인지도 모르는 아픈 딸 '동아'가 오히려 가장 아름답게 '소유의 문법'을 벗어나 있는 사람들이라는 생각이 들었다. 소유와 탐욕의 시스템에 길들어 '이 세상에 올바른 모습으로 거하는 법'을 잊어가는 현대인에게 '소유의 문법'을 뛰어넘는 뜨거운 생의 진실을 깨우치는 수작이다. 소유의 집착으로부터 거리를 두고 '나 자신이 진정으로 원하는 길'을 걷기 시작하는 사람들에게 권하고 싶은 작품이다. 작품이 다 끝나고 나서도 내 마음속에 오랫동안 남은 잔상은 고함치는 동아의 모습이었다. 이 소녀는 누구에게 그토록 간절하게, 그토록 절박하게 자신의 말을 전하고 싶었던 걸까.

하늘을 찢을 듯 울려 퍼지는 동아의 목소리는 어쩌면 우리가 차마 말로 다 하지 못하는 짓눌린 열망을 대신 발화해 주는 절규처럼 들린다. 마음이 많이 아프지만 너무도 사랑스러운 소녀 동아는 나에게 이렇게 속삭이는 것만 같았다. 이건 아니잖아요. 이건 정말 아니잖아요. 왜 모두들 더 많이 가지려고만 하나요. 나를 보세요. 나는 충분해요. 아무것도 부족하지 않아요. 사람들은 나에게 뭔가 많이 부족하다고, 심하게 아프다고, 심각한 문제가 있다고 말하지만 나는 아무것도 더 필요하지 않아요. 이 돌멩이를 보세요. 얼마나 아름다운가요. 이 꽃과 이 나무를 보세요. 우리는 결코 이것들을 소유할 수 없어요. 소유할 수 없기에 끝내 아름다운 것들이에요. 동아의 절규는 어쩌면 우주가 아니라 탐욕에 길든 우리 어른들을 향한 간절한 메시지가 아니었을까. 소유할 수 없지만 그리하여 더욱 애틋한 것들을 간절히 품어내는 사랑이야말로 우리가 지켜야 할 인간다움이기에.

쿠바에서 만난 이 노인은 아무런 걱정이 없어 보였다. 지금은 잠시 손님 없는 시간. 노인은 자연스럽게 책을 펼쳐 아까 읽던 곳을 다시 읽기 시작했다. 주변은 시끄러운데 노인의 표정은 지극히 평화롭다. 책과 나, 인력거, 그것밖에는 아무것도 필요하지 않다는 듯 충만하다.

그들이 절규할 때 우리는 듣지 못했다

〈손톱〉

누군가는 필사적으로 말하고 있는데 누군가는 필사적으로 외면하고 있다. 고통받는 이가 제대로 말할 수 없으면 표정으로, 눈으로, 몸짓으로 모든 수단을 동원해 표현하고 있지만 사람들은 듣지 못한다. 대답할 수 있는 질문만을 듣고 곤란하지 않은 정보만 섭취하는 사람들은 아픔을 공기처럼 들이마시며 살아가야 하는 사람들의 곤경에 무심하다. 오랫동안 이 사실을 받아들이기 힘들었다. 인간에게는 '필사적 외면'이라는 본능이 있다는 것을. '의도적 냉혹'이라는 본능도 있다는 것을. 그도 모자라 타인이 괴로워하고 아파하는 모습을 보며 짜릿한 쾌감을 느끼는 사람이 있다는 것을. 자기보다 약한 이들을 상습적으로 학대하고, 누군가가 괴로워하는 것을 돈을 내며 엿보고 즐기는 사람들이 있다는 것을 믿기가 어려웠다. 하지만 그런 사람들은 분명히 존재하고, 언제든 괴롭히기 좋은 다음 먹잇감을 찾기 위해 혈안이 되어 있다. 문학은 크게 두 가지 방법으로 인간의 어두운 본능에 대처한다. 타인의 인격을 파괴하는 인간의 어두운 본능을 낱낱이 폭로하거나 그들과 싸우며 하루하루 전쟁을 치러내는 전사들을 옹호하는 것이다. 《레 미제라블》이나 《전쟁과 평화》 같은 작품들이 그 두 가지 길을 동시에 보여준다.

그런데 이런 선명한 '폭로'나 '옹호'의 길 외에도 '아파하는 그들 곁에 가만히 함께 있어주는 길'이 있다. 지금 당장 혁명이나 치유가 불가능할지라도 다만 아파하는 사람들 곁에 가만히 함께 있는 것. 나는 문학의 진정한 힘이 여기에 있다고 믿는다. 종교의 힘도 가족의 힘도 사랑의 힘도 빌릴 수 없는 상황에 맞닥뜨릴 때 나는 문학이 지닌 '가만히 곁에 있어주기'의 힘으로 버틴 나날이 많았다. 권여선의 단편소설 〈손톱〉을 읽으며 그런 문학의 힘을 발견했다. 고통받는 타인의 인생을 바꾸지 못하더라도, 그의 아픔을 당장 위로하지 못하더라도, 다만 그의 곁을 떠나지 않는 용기. 그것은 단지 작가적 재능의 문제가 아니다. 삶을 바라보는 시선의 문제다. 아름다운 글에 머물지 않고 아름다운 삶을 향해 존재를 던져야만 나오는 글이 있다. 〈손톱〉

을 읽다 보면 작가가 고통받는 누군가의 곁에 오래오래 머물고 있다는 것을 느끼게 된다. 그래야만 이렇게 쓴다는 것을 독자는 온몸으로 느낀다. 권여선 작가는 〈손톱〉의 주인공 소희 곁에 가만히 있어준다. 신발 매장에서 일하는 소희가 손톱이 뒤집히는 고통을 참으면서 병원비 몇만 원을 아끼기 위해 치료를 포기하는 모습. 손톱 따위 없이도 잘 살 수 있다고, 엄마와 언니가 자기를 버렸음에도 잘 살 수 있다고 자신을 몰아세우는 모습은 너무 가슴이 아파서 차마 다음 페이지를 넘기기가 겁난다.

고통받는 사람 곁에 있어야만 보이는 것들이 있다. 예컨대 맞춤법이 틀린 오래된 문자메시지를 발견하는 순간 같은 것이다. 소희 언니가 그들을 버리고 떠난 엄마에게 보낸 문자메시지는 읽을 때마다 소름이 돋는다. 내가 번 돈을 엄마가 다 써버렸더라도 괜찮으니까, 부득이한 사정이 있었다고 생각할 테니까 제발 돌아오라고. 엄마, 나는 괜찮은데 소희가 너무 어리니까, 애처로우니까, 이제 중학교에 가야 하니까 이 문자 보면 꼭 연락하라고. 언니의 메시지는 군데군데 맞춤법이 틀리기도 하고 여전히 엄마에 대한 그리움이 남아 있기도 하여 더욱 가슴 시리다. 도망친 엄마에게 보내는 언니의 메시지에는 절망적인 SOS 신호가 숨어 있다. '엄마, 제발 우리를 버리지 마, 빚더미에 눌려 살더라도 제발 같이 있자'라는. 하지만 절박한 구조 신호를 보낸 언니마저 어린 동생 소희가 평생 피땀 흘려 모은 돈을 챙겨 도망간다. 엄마처럼 잔인하게, 소희에게 빚을 남긴 채. 소희는 그 빚을 갚기 위해 짬뽕 한 그릇 마음대로 먹지 못하고, 주린 배를 움켜쥔 채 간신히 하루하루 버티고, 일터에서는 '매가리 없는 애'라는 핀잔을 듣는다. 나는 소리치고 싶었다. 소희는 '매가리 없는 아이'가 아니라 '그 빚을 아무도 알아주지 않는 아이'라고. 당신들이 소희의 아름다움을 알아보지 못하는 것은 당신들의 무심함과 냉혹함 때문이라고. 아무도 소희의 쓰라린 배고픔과 참을 수 없는 외로움을 눈치채지 못한다. 짐작하면서도 외면하는지도 모른다. 모두들 바쁘다며, 내 인생만으로도 버겁다며 외면하고, 내버리고, 무시하는 '소희들'이 이 세상에 얼마나 많을까.

소희의 꿈은 달리기였다. 웬만한 남자아이들은 상대조차 되지 않을 만큼 달리기를 잘하는 소희의 재능을 알아보고 육상을 권하는 선생이 있었지만 엄마는 돈이 든다는 이유로 아이를 주저앉힌다. 소희의 그 짓밟힌 꿈이 못내 아프다. 달리기를 할 수 있었더라면, 그저 소희를 달리게만 해주었다면 이토록 외롭지도, 이토록 무력하지도 않을 텐데. 어려운 일이 있어도 상의할 사람이 없는 소희는 직장 동료 민경이 휴학을 하려다 엄마와 '상의'하고 학기를 마치기로 결심했다는 말에 간신히 닫아둔 마음의 빗장이 무너져 내리고 만다. 상의, 상의라니. 서로 의견을 나눌 수 있는 단 한 사람조차 없었던 소희는 '엄마와 상의를 했다'는 민경의 말 한마디에 충격을 받는다. 자신에게는 무언가를 상의할 엄마가 영원히 돌아오지 않으리라는 사실이 환기된 이 끔찍한 고통의 순간, 소희는 박스 밑으로 급하게, 온 힘을 다해 손을 집어넣는다. 자해였다. 소희는 손톱을 부수어서라도 영원히 내 곁에는 아무도 없을 것만 같은 고통을 망각하고 싶었던 것이 아닐까.

언니와 소희의 유일한 소원은 엄마가 돌아오는 것이었다. 제발 전화만이라도 받아달라는 소희 언니의 문자메시지는 독자의 마음을 아프게 할퀸다. 언니는 문자메시지로 애원한다. 소희가 이제 중학생이 되어 밥도 하고 국도 잘 끓이니까 어디 있는지, 뭘 하는지 알려만 달라고. 우리가 아프지도 않고, 속 썩이지도 않고, 인간적 수양이라도 할 테니까 이제 엄마만 오면 된다고. 하지만 엄마는 돌아오지 않았고, 언니도 엄마처럼 떠나버렸다. 자해 끝에 손톱이 뒤집힌 뒤 소희는 더 이상 이 상황을 견딜 수 없다는 것을 깨닫는다.

극도의 외로움과 절망감에 사로잡힌 소희는 점점 일상을 유지하기 어렵다. 도대체 내가 뭘 그렇게 잘못했을까. 엄마가 사라졌을 때, 언니가 사라졌을 때, 손톱이 깨졌을 때. 간신히 지탱하던 모든 것이 와르르 무너져 버린다. 무섭다. 모두가 왜 날 혼자 내버려 두는 것일까. 도대체 나더러 어쩌란 말인가. 내가 도대체 뭘 잘못했다고! 뭘! 뭘! 온 세상을 향해 외치고 싶지만 소희는 다친 개처럼 유리에 대고 짖는다. 뭘! 뭘! 뭘! 그녀가 외칠 때마다 유리에 김이 서린다. 소희는 대답 없는 세상을 향해 절규하지만 돌아오는 것은 더 극심해진 자해로 인한 피와 진물과 견딜 수 없는 고통뿐이다. 소희는 다친 손가락을 또다시 짓이기며 이미 아픔의 한계에 도달한 자기 삶을 또 한 번 할퀴고 무너뜨린다. 그나마 다친 손톱을 보호해 주던 거즈마저 떼어내 버리고 진물과 약과 피를 유리창에 꾹 눌러 비비면서 소희는 달아난다. 그리고 여전히 혼자 생각한다. 손톱이 없어도 된다고. 엄마 없이도 산 것처럼, 언니 없이도 산 것처럼 그깟 손톱 따위 없어도 된다고. 이제 애원하지 않을 것이다. 제발 돌아오라고, 전화라도 받아달라고, 누구에게도 애원하지 않을 것이다. 속 썩이고, 힘들게 하고, 아프게 해도, 그래도 함께 있는 것이 좋았던 소희는 언니를 향한 마지막 구조 신호마저 포기한 것이다. 들어줄 사람이 없어 소설 속 문장으로만 존재하는 소희의 감정은 이 세상 누구에게도 호소할 길 없이 처참하게 짓이겨지고, 짓밟히고, 부서진다.

언니와 소희의 음성은 때로 구분이 되지 않는다. 알고 보면 언니도 소희처럼 엄마에게 버려졌기 때문이다. 언니는 엄마에게 저주의 문자메시지를 보내며 그나마 화를 풀었다. 엄마가 대출금을 갚지 못하고, 보증금도 날리고, 휴대폰 번호까지 바꾸고 집을 나간 것을 원망하며 나쁜 년, 쌍년이라는 욕도 서슴없이 하는 언니는 막살 거라고, 막살아버릴 거라고 절규하고 집을 나갔다. 언니는 소희마저 버리고 집을 나갔지만 소희는 어디로도 가지 못한다. 갈 데가 없다. 언니처럼 막살겠다고 결심하지 못하는 소희는, 엄마를 "쌍년아"라고 부르지 못하는 소희는, 다만 자신을 학대함으로써 이 고통스러운 시간을 버텨야 했다.

그런데 휴대전화 매장에서 만난 할머니가 손톱이 뒤집힌 소희의 모습을 보고 걱정해 준다. 매정한 사람들만 보아온 소희는 처음으로 누군가에게 위로의 말, 걱정의 말을 듣자 가슴 한 구석이 무너져 내린다. 매일 하루도 빠짐없이 버림받은 기분으로 살아가는 소희는 휴대폰 매장에서 무료로 나누어 주는 사탕을 마치 하늘에서 내려온 구원의 사다리처럼 알뜰히 활용하는 낯선 할머니에게 느닷없는 따스함을 느낀다. 누구에게도 느껴본 적이 없던 따스함, 그 온기를 오래오래 간직하고 싶다. 소희는 할머니가 없지만 꼭 이 세상에 없는 할머니와 마주 앉아 기차를 타고 가는 느낌이다. 낯선 사람의 작은 관심만으로도 소희는 이토록 연약한 감정의 속살을 드러내 보인다. 그녀 곁에는 어떤 구원의 손길도 없기에 마치 생을 향해 드리워진 마지막 동아줄을 붙잡은 듯 그 따스함에 오래도록 기대고 싶다. 진통제 기운이 떨어졌는지 손톱이 쿡쿡 쑤시지만, 조금이라도 더 낯선 할머니의 온기를 느끼고 싶은 소희는 이 아름다운 휴일, 조금만 더, 조금만 더 그 따스한 낯선 사람의 친절을 느껴보고 싶어 그곳에 하염없이 앉아 있다. 작가는 홀로 아파하는 소희의 곁에 다만 함께함으로써, 나아가 마침내 작가가 소희가 됨으로써 이토록 절절한 이야기의 숲을 일구어낸다.

메리 셸리의 《프랑켄슈타인》에서 지독한 단절감을 견디다 못한 괴물은 자신을 빚어낸 창조주를 향해 '나와 똑같은 괴물'을 하나 더 만들어달라고 요구한다. 흉측한 외모 때문에 세상 사람들이 자신을 받아주지 않으니 똑같은 괴물을 만들어주면 둘이 행복할 수 있다는 믿음 때문이었다. 자신을 제발 행복하게 해달라며, 나를 닮은 괴물을 창조해 달라고 절규하는 괴물의 목소리는 너무도 애절하다.

> "물론 우리는 괴물이 되어 세상과 단절된 채 살아가겠지. 하지만 바로 그 때문에 우리는 서로를 더 깊이 아끼고 사랑하리라."

다름 아닌 이런 눈부신 문장이 《프랑켄슈타인》을 '괴담'에서 '문학'으로 승화시키는 것이 아닐까. 세상 모두가 배척할지라도 사랑이라는 유일한 안식처에서 그 단절을 견디겠다는 괴물의 안타까운 외침이 나를 '창조주-인간'의 편이 아니라 '피조물-괴물'의 편에 서게 했다. 프랑켄슈타인의 괴물이 어떻게든 '짝'을 찾음으로써 고통을 위로받고 싶어 했다는 사실이 못내 마음 아프다. 자신과 똑같은 외모를 지닌 다른 존재가 있으면 그를 사랑의 대상으로 삼아 이 고통을 벗어날 수 있을 것으로 생각하는 그의 마음이야말로 '사랑받고 싶은' 존재의 본질적인 욕망과 맞닿아 있기 때문이다. 사랑받고 싶은 욕망을 지녔다는 점에서 프랑켄슈타인의 괴물은 우리와 똑같다. 세상 가장 낮은 곳에서 가장 약하게 뛰고 있는 가녀린 존재의 심장 박동을 포착하는 것, 그것이 문학의 빛나는 권능이기에. 버려진 존재들의 눈부신 패자부활전, 그것이 문학의 힘이기에.

파리 페르 라셰즈 묘지에서 아우슈비츠 희생자를 추모하는 사람. 고통받는 자들을 보면 인간은 반사적으로 '나에게는 그런 고통이 찾아오지 않기를' 바란다. 하지만 세상을 바꾸는 사람들은 '지금 당신이 겪는 고통이 언제든지 나의 고통이 될 수도 있음'을 안다. 죽음은 결코 끝이 아니다. 세상 모든 무덤에서는 '죽은 자의 고통'이 언제든지 '나의 고통'이 될 수도 있음을 깨우치는, 죽은 자들의 간절한 외침이 들린다.

나에게도 과연 비범함이 남아 있을까요

《댈러웨이 부인》

지금의 내 모습이 내가 지닌 최고의 모습이라면, 나는 이 이상 발전할 수 없는 존재라면 얼마나 절망적일까. 어린 시절 나는 이런 부정적인 생각에 자주 빠지곤 했다. 성장을 꿈꾸면서도 성장이라는 말이 싫었다. 성장하면서 필연적으로 잃어버리는 순수도 있지 않은가. 게다가 성장이라는 말에는 남들처럼 사회화된다는 뉘앙스가 포함되어 있기에 성장이 더욱 두려웠다. 하지만 나는 성장해야 했고, 변신해야 했고, 더 나은 존재가 되어야 했다. 그러면서 나의 성장 속에 어떤 '남다름'도 없을까 봐 두려웠다. 자기만의 세계를 갖지 못한 지루한 어른이 될까 봐 겁이

났다. 내게 성장과 발전을 강조하는 어른들은 너무 단조롭고 모범적인 삶을 살고 있었기 때문이다. 성장을 갈망하면서 또 두려워하는 나에게 어떤 성장도 제 나름의 특별한 의미가 있다고 가르쳐준 것이 문학이었다. 갑갑한 환경이라는 알의 껍질을 깨기 위해 분투하는 모든 이의 성장은 그 자체로 소중하며 아름답다.

문학은 대단한 존재가 되어야 '특별함'을 간직할 수 있는 것이 아님을 가르쳐주었다. 제인 에어는 겉보기에 평범한 가정교사이지만 알고 보면 주변의 모든 사람에게 용기와 희망을 주는 눈부신 잠재력을 지닌 존재다. 제인으로 인해 로체스터 가족은 물론 세인트존 가족까지 모두 놀라운 변신을 경험한다. 천애고아로 학대받으며 자라난 제인은 열정과 헌신, 의지와 노력의 힘으로 인간이 어디까지 변신할 수 있는지를 보여준다. 황순원의 소설《소나기》의 소녀와 소년도 멀리서 보면 지극히 평범한 아이들이지만 두 사람에게는 이 세상 무엇과도 바꿀 수 없는 애틋한 첫사랑의 추억이 숨겨져 있다. 즉 '사회적 시선이라는 망원경'으로 보면 그저 평범해 보이지만 '문학이라는 현미경'으로 보면 아무도 빼앗아 가지 못하는 특별함을 간직한 존재가 바로 우리, 인간 아닐까.

버지니아 울프의《댈러웨이 부인》은 모두가 '화려한 가문의 완벽한 안주인'으로만 아는 한 여성의 마음 깊은 곳으로 들어가 그 삶 속에 얼마나 풍요로운 가능성이 숨 쉬고 있는지를 보여준다. 단 하루 동안의 이야기를 통해 댈러웨이 부인의 한평생뿐 아니라 당시 런던 사람들의 총천연색 일상이 펼쳐진다. 그를 위해 버지니아 울프가 선택한 두 가지 장치는 '산책'과 '파티'였다. 파티에서 쓸 꽃을 한 아름 사기 위해 런던 거리를 산책하는 클라리사 댈러웨이의 동선을 통해 외상 후 스트레스 장애를 앓는 참전 용사 셉티머스부터 영국의 여왕이 타고 있는 것으로 짐작되는 비밀스러운 검은 자동차에 이르기까지, 런던의 온갖 서점과 카페와 꽃집과 공원 풍경이 파노라마처럼 펼쳐진다. 그리고 '파티'를 통해 댈러웨이 부인과 관계 맺은 모든 사람, 옛 친구와 옛 연인과 런던의 온갖 유력 인사와 영국의 최고 권력자인 수상이 한자리에 모임으로써 '댈러웨이 부인의 하루'는 전쟁이 끝난 뒤 런던 전체의 풍경으로 확장된다. 이 모든 사람살이의 풍경을 예리한 관찰력으로 묘사하는 클라리사는 스스로를 이제 한물간 중년 부인으로 생각하지만, 내 눈에 비친 클라리사는 삶을 더 아름답게 만드는 재능을 지닌 사람, 더 많은 사람의 사랑을 받을 자격이 있는 사람이다.

나의 댈러웨이 부인, 클라리사를 더욱 특별하게 만들어주는 세 가지가 있다. 첫 번째는 첫사랑 피터를 깊이 사랑하면서도 리처드와 결혼한 이유를 떠올리는 순간이다. 결혼한 뒤 날마다 한집에 살아야 하는 사람들에게는 약간의 방임, 약간의 독립성이 필요하기 때문이었다. 상대방의 사생활을 꼬치꼬치 캐묻지 않는 여유, 리처드에게는 그런 자유로움이 있었다. 첫사랑 피터는 모든 것을 알고자 했다. 모든 비밀을 공유하고 모든 것을 설명해야 하는 압박을 클라리사는 견딜 수 없었다. 클라리사는 자유를 지키기 위해 첫사랑과 헤어지는 무참한 슬픔을 견뎌냈다. 가슴에 박힌 화살처럼 평생 떠나지 않는 슬픔을 간직하더라도 클라리사에겐 '자유'가 중요했다. 열정이 넘치지만 모든 것을 통제하는 피터가 아닌 상상력이 부족하지만 클라리사의 모든 것을 있는 그대로 존중하는 리처드를 선택한 것이다.

두 번째로 이 작품은 전쟁이 끝난 뒤 영국인들이 애써 보여주던 완벽하게 의연하고 금욕적인 인내, 그 뒤에 숨은 불안과 슬픔을 그려낸다. 리처드는 차분하고 엄격한 영국인의 전형이다. 모범적이고 신사적인 남자. 그런 그가 장미꽃을 사 들고 아내에게, 그것도 결혼한 지 수십 년이 넘은 아내에게 사랑을 고백하고 싶어 하는 장면이 있다. 리처드는 마음속으로 생각한다. 아내에게 쑥스러워서 사랑한다는 말을 차마 못 한다면 그건 세상에서 가장 큰 실수라고. 꽃다발을 들고 웨스트민스터사원을 향해 걸으며 '오늘 밤 아내에게 꼭 사랑한다고 고백해야지'라고 결심하는 노신사의 모습은 얼마나 아름다운가. 리처드는 전쟁의 상흔이 깊게 밴 런던 거리 곳곳을 바라보면서 자기 가슴속에 아직 사랑이라는 감정이 남아 있는 것 자체가 기적임을 깨닫는다. 아내에게 꽃을 내밀며, 돌려 말하지 않고 분명하게 사랑한다고 말해야지. 매일 집에서 아내를 보면서도 무시무시한 경쟁자 피터를 제치고 클라리사와 결혼한 것은 기적이었다고 생각하는 남자. 클라리사를 만날 수 있다는 사실 자체를, 그녀와 매일 함께하는 자기 인생 자체를 기적이라고 생각하는 남자. 그렇게 정성껏 꽃을 고른 뒤 굳게 다짐하고 집에 가서도 너무 떨려서 사랑한다는 고백을 못 하는 리처드는 사교계 사람들이 보기에는 '욕심이 없어 더 높은 공직에 올라가지 못한 사람'이고, 질투심 가득한 피터가 보기에는 '상상력이 부족한 사람'이다. 하지만 내가 보기에 그는 자신이 진정으로 지켜야 할 생의 가치가 무엇인지를 아는 사람이다. 클라리사는 이런 눈부신 사랑 속에 살고 있기에 그 자체로 소중하고 특별한 사람이 아닐까.

클라리사의 특별함이 빛나는 세 번째 순간은 마지막 장면이다. 사교계의 수많은 스캔들과 잔칫집의 떠들썩함이 아직 남아 있는 파티의 막바지 무렵. 피터가 이젠 가야지 생각하면서도 차마 떠나지 못하는 이유를 생각하는 장면이다. 파티를 즐기기보다는 남들의 뒷이야기에 열을 올리는 사람들 속에서도 클라리사의 내면에 깃든 빛은 사라지지 않는다. 사람들은 클라리사가 파티를 연다는 말을 듣고 그야말로 불원천리하고 달려온다. 초대받지 않고 온 사람들도 있다. 영국 수상까지 나타난다. 파티 내내 구석에 앉아 클라리사의 특별함에 대해 옛 친구 샐리와 대화를 나누던 피터는 이제 그만 떠나야겠다고 생각하면서도 자리를 박차고 일어서지 못한다. 마침내 클라리사가 다가와 말을 걸어줄 것이라는 목마른 열망 때문이다. 피터는 질문한다. 이 두려움, 이 황홀감은 무얼까. 나를 이토록 흥분과 열정으로 가득 채우는 것은 대체 무얼까.

그건 바로 클라리사였다. 그녀가 다가와 말을 걸어줄 거라는 기대감. 피터가 모든 우여곡절에도 여전히 클라리사에게 설레는 장면. 단지 '매력적인 여성'이어서가 아니었다. 클라리사가 다가오면 온 세상이 환해지는 그런 느낌. 그가 곁에 있어주기만 한다면 온 세상이 새로운 의미로 숨 쉬는 것 같은 느낌. 그 느낌을 피터는 사랑했다. 클라리사는 누군가의 아내, 댈러웨이 부인으로 주저앉은 느낌에 괴로워하고, 드높은 학식을 지닌 것도 탁월한 업적을 이룬 것도 아닌 자기 삶이 지루하다고 생각한다. 하지만 클라리사를 사랑하는 사람들은 그가 이루지 못한 탁월한 업적이 아니라 지금 있는 그대로의 클라리사를 사랑한다. 파티가 끝나갈 무렵. 클라리사는 파티가 성공적이었는지가 아니라 자신이 잘 알지 못하는 청년 셉티머스가 왜 자살했을까를 생각하며 그의 죽음을 이해하려 노력한다. 누군가의 아픔을 이해하려는 헤아릴 수 없는 따스함과 너그러움, 그것이 클라리사가 지닌 가장 소중한 빛이다.

나는 문학작품을 통해 이렇게 우리 안의 특별함을, 비범함을, 눈부신 잠재력을 발견한다. 피터가 그만 가봐야겠지 하면서도 떠나지 못하는 이유는 클라리사와 잠깐이라도 대화를 나누고 싶은 간절한 열망 때문이었다. 이제 다시 사랑을 시작할 수 없더라도, 그저 바라보고만 있어도 기분 좋아지는 사람, 아직 내 인생에 넘치도록 많고 많은 희망이 남아 있을 것만 같은 느낌을 주는 사람, 특별히 좋은 일이 일어나지 않아도 그저 함께 있는 것만으로 지금 이 순간이 더없이 완벽하다고 느끼게 해주는 사람. 클라리사는 내게 그런 사람이며, 그런 클라리사를 창조해 낸 버지니아 울프야말로 문학이 아니었다면 절대로 만날 수 없었을 내 안의 영원한 멘토다.

지금을 뛰어넘는 무언가를 소유하기 위해 이미 아름다운 오늘을 망치지 말자. 지금과 다른 그 무엇이 되지 않아도 당신은 찬란하게 빛난다. 당신 안의 가장 찬란한 빛을 찾아주는 문학의 속삭임이, 당신의 오늘을 밝혀줄 것이니.

빈센트 반 고흐의 걸작 〈밤의 카페 테라스〉를 보러 간 네덜란드의 크뢸러 뮐러 미술관에서 한 소년을 만났다. 얌전하던 아이는 영웅의 망토를 휘리릭 두르더니 마치 전에 없던 무시무시한 힘이 차오르는 듯 신이 나서 그야말로 광속으로 질주하기 시작했다. 펄럭이는 망토의 힘이 나에게는 문학의 힘이다. 나에게도 문학은 휘날리는 망토처럼 내 안에 없는 줄만 알았던 용기와 희망을 매일매일 끌어낸다.

자신의 뿌리를 증오하는 당신에게 부치는 편지

《종이 동물원》

"너는 정말 엄마를 많이 닮았구나" 하는 타인의 시선이 싫어지는 순간. "아휴, 넌 아버지 판박이로구나!" 하는 어른들의 덕담이 날카로운 가시가 되어 심장을 찌르는 순간. 우리는 뿌리를 부정하며 자신을 증오하는 시기, 사춘기로 접어든다. 더 이상 아버지가 세상에서 가장 멋져 보이지 않고, 더 이상 어머니가 세상에서 가장 다정해 보이지 않는 순간. 도대체 우리 부모는 왜 저럴까라는 불만이 늘어만 가는 순간. 우리 엄마는 혹시 계모가 아닐까, 내 진짜 부모는 아주 자애롭고 잔소리 따위는 안 하고 완벽한 인격과 부와 명예까지 갖춘 그런 사람일 거야라는 상상에 빠지는 것은 지극히 정상적인 '업둥이 콤플렉스'다. 내 부모를 부끄러워하는 고통스러운 감정은 우리가 진정 어른이 되기 위해 반드시 뛰어넘어야만 하는 통과의례이기도 하다. 문학평론가 마르트 로베르는 《기원의 소설, 소설의 기원》에서 '어딘가 내 진짜 멋진 부모님이 계실 거야'라는 상상의 나래를 펼치는 인간의 마음을 업둥이 콤플렉스, 혹은 사생아 콤플렉스라고 불렀다. 그런데 이 뼈아픈 콤플렉스는 문학의 원초적인 뿌리, 즉 가족 소설의 뿌리이기도 하다. 내 뿌리를 증오하기 시작하는 순간, 그러니까 부모를 향한 이상화의 시선이 깨어지는 순간, 가족 소설이 탄생한다.

문학사에 길이 남은 수많은 가족 이야기의 기본 플롯은 '집 나간 주인공의 귀환'이다. 그럼에도 불구하고 끝내 가족에게 돌아오는 문제적 인물의 이야기 말이다. 예컨대 《오디세이아》는 영웅적 풍모와 세속적 욕망을 동시에 지닌 오디세우스가 집을 떠나 20년 가까이 온갖 파란만장한 모험을 일삼다가 끝내 집으로 돌아오는 이야기이며, 박경리의 《토지》는 수많은 땅과 재산을 다 빼앗기고 머나먼 이국땅 간도까지 쫓겨났다가 마침내 모든 것을 되찾고 다시 고향으로 돌아오는 최서희 일가의 확장된 가족 서사다. 오디세우스에게는 이타카가 있었고, 서희에게는 평사리가 있었다. 가족의 터전, 고향을 향한 멈출 수 없는 노스탤지어야말로 이 영웅적인 주인공들이 절대 버리지 못하는 존재의 기원이었다. 젊은 시절에는 온갖 콤플렉스와 트라우마로 가득한 가족을 증오하다가도 결국 더 큰 사랑과 이해와 성숙의 과정을 통해 '더 커진 확장된 가족(오디세우스에게는 아들 텔레마코스가 생기고, 어린 시절 부모를 잃은 최서희에게도 남편과 아이들이 생긴다)'으로 돌아오는 주인공들의 이야기가 오랫동안 인류의 사랑을 받아왔다.

카프카의 《변신》과 《아버지께 드리는 편지》, 헤르만 헤세의 《데미안》과 《싯다르타》 같은 근대 초기 소설에서는 전형적인 가족 서사가 지닌 '귀환의 구조'가 깨진다. 영원히 집으로 돌아오기를 거부하는 아들의 이야기, 어머니와 고향과 존재의 뿌리를 향한 그리움은 남아 있지만 고향으로의 귀환을 완강히 거부하는 불안한 노마드의 시대가 열린 것이다. 그들은 말도 많고 탈도 많은 가족, 가족이라는 이유만으로 사랑의 의무를 짊어져야 하는 무거운 부담으로부터 벗어나 완전히 새로운 자기만의 제2의 고향을 창조한 것이 아닐까. 프란츠 카프카에게 제2의 고향이 '문학'이었다면 헤르만 헤세가 창조한 제2의 고향은 '방랑' 그 자체였다. 카프카는 가족보다 문학을 사랑해 영원히 새로운 가족을 만들지 않았으며, 헤세는 방랑 자체를 일종의 '움직이는 고향'으로 삼아 영원히 집으로 돌아오지 않는 주인공들을 그려냈다. 그러고 보니, 항상 집에 있으면서 한순간도 집에 진정으로 머물지 않는 미칠 듯한 불안의 주인공들을 그린 버지니아 울프도 있다. 버지니아 울프의 천재성은 늘 집에 있으면서도 집을 자신과 일체화하지 못한 여성들의 고통스러운 분열을 놀랍도록 생생하게 묘사했다는 점이다. 버지니아 울프가 그린 여성들은 집에 있으면서도 집을 벗어난 존재, 가족과 함께 있으면서도 가족으로부터 유리되어 철저한 이방인일 수밖에 없는 뿌리 뽑힌 존재들이었다.

가족을 향한 불멸의 노스탤지어를 거쳐 가족의 뼈아픈 해체를 향해 나아가는 문학의 오랜 역사를 생각하는 요즈음, SF소설의 신기원을 개척했다고 평가받는 세계적 작가 켄 리우의《종이 동물원》을 읽었다. 판타지 문학, 하드보일드, 대체 역사, 전기소설 등 다양한 장르에 뛰어난 역량을 보이는 작가이지만 역시 표제작 〈종이 동물원〉이 가장 감동적이었으며, 그 중심에는 우리 모두의 뿌리인 가족이 있었다. 〈종이 동물원〉을 읽으며 다시 한번 가족사 소설의 궁극적 귀환을 보는 느낌이었다. 그토록 떠나고 싶어 했던 가족의 기원으로 돌아오는 주인공의 이야기라니. 아무리 최첨단 SF소설의 기린아라도 결코 벗어날 수 없는 가족 이야기가 가장 감동적이라니. 신부로 팔려 가기 위해 자기 자신을 카탈로그에 넣은 여자라니, 어떻게 그럴 수가 있냐고 비난했던 그 여자가 자기 엄마임을 깨닫는 소년. 문화대혁명 기간에 가족을 모두 잃고 남의 집 식모살이를 하며 팔려 다니던 가여운 소녀의 이야기가 바로 엄마의 서사임을 알게 되는 아들의 뼈아픈 후회는 독자의 가슴을 날카롭게 후빈다.

가족 이데올로기가 사라진 자리에도 가족은 있다. 가부장제가 무너진 자리에도 가족은 있다. 1인 가구가 급증하는 이 시대에도 사람들에게는 늘 마음 한 켠에 쓰라린 부채감을 자극하는 가족이 있다. 가족의 해체란 그렇게 간단한 문제가 아니었다. 정아은 작가는 《당신이 집에서 논다는 거짓말》에서 이렇게 말했다. 가정은 인류에게 남겨진 마지막 공동체라고. 원시시대에 있었다는 나눔의 삶, 남의 것과 내 것을 가리지 않고 사냥해 온 고기를 똑같이 나누어 먹는 원시공산제를 실현할 지상 최후의 공산주의 공동체, 그것이 가정이라고. 아무 계산 없이 나를 주고 너를 건네받는 유일한 집단이 가족이기에, 전업주부는 이런 '가정 공산주의'를 지키는 최후의 보루라고. 그리하여 자신은 가정을 포기할 수 없다고. 지상의 마지막 공동체를 방어하는 역할을 어떻게 내동댕이치느냐고. 나는 이 대목에서 우리가 가족을 결코 포기하지 못하는 절실한 이유를 발견했다.

아무리 세상이 철두철미한 자본주의로 물들어 가도 가족 안에서만은 원시공산제처럼 '내 것'과 '네 것'을 나누지 않는 완전한 나눔을 평생 실천하는 '엄마'라는 존재에게 우리는 여전히 많은 것을 빚지고 있다. 엄마, 누나, 언니, 그 누구라도 마찬가지다. 가사 노동과 돌봄 노동, 가족에 대한 무한한 걱정이라는 감정 노동까지 책임지는 존재야말로 '힘 있는 아버지'보다 더 무너뜨리기 어려운 가족의 뜨거운 중심이다. 가족은 쉽게 해체되고, 해방되고, 극복할 수 있는 존재가 아니었다. 어쩌면 가족은 여전히 우리가 무의식에서마저 의존하고 있는 마지막 안식처일지도 모른다. 여성의 희생을 예찬하자는 이야기가 아니다. 지상에는 아직 가족을 대체할 만한 대안적인 공동체가 나타나지 않았다는 이야기다. 여전히 우리는 가족 안에서 가장 많은 감정 노동을 책임지고 있는 사람들의 피와 땀과 눈물을 먹고 살아가고 있음을 잊지 말아야 한다.

나 또한 내 문학의 뿌리, 엄마를 생각한다. 지적이고 우아하게 감정을 표현할 줄 모르는 나의 엄마. 맛있는 음식으로밖엔 마음을 표현하지 못하는데, 이제 요리하기가 너무 힘들어 자식에게 밥 한 끼 해주고 나면 골골 앓는 우리 엄마. 우리 모두는 그런 눈물겨운 밥을 먹으며 다시 살아갈 에너지를 얻는 존재들이었다. 우리를 살리는 건 항상 이렇게 약자들의 노동인데, 우리는 자꾸 강자들에게 인정받으려고 몸부림치다가 진정 소중한 것들을 잊어버린다. 내게 자기를 넘어선 사랑의 의미를 처음으로 가르쳐준 사람, 내게 자기를 넘어선 증오의 의미를 처음으로 가르쳐준 사람, 엄마. 우리는 그 존재를 아직 충분히 벗어나지 못했다. 가족은 쉽게 파괴되거나 망각되는 존재가 아니다. 우리는 여전히 가족에 대한 더욱 질절한 탐구를 필요로 한다. 그토록 집을 떠나고 싶어 했음에도, 오디세우스처럼, 서희처럼, 카프카의 커다란 벌레처럼 우리는 끝내 집에서 최후를 맞이하는 존재임을 되새긴다.

가족 이야기는 영원히 끝나지 않는다. 우리가 누군가의 딸이고 아들이고 아버지이고 어머니인 한. 다만 이제 우리는 가족보다 더 크고 깊은 사랑을 말할 때가 온 것 같다. 가족 이야기를 멈추자는 말이 아니라, 피 한 방울 안 섞인 낯선 이들을 가족 이상으로 사랑하는 사람들의 이야기를 더 커다란 의미의 가족 소설에 포함해야 하지 않을까. 가족 해체가 아니라 더 커다랗고, 더 다채롭고, LGBT는 물론 핏줄 아닌 온갖 인연으로 얽힌 새로운 공동체 이야기까지 우리는 끌어안아야 한다. 가족 중심주의로 회귀하자는 말은 아니다. 가족에게조차 고통을 말하지 못하는 사람들의 고독은 물론이고 가족밖에는 믿을 게 없는 사람들의 외로움까지 여전히 가족 문제라는 것이다. 가족의 해체 담론이나 탈가족 이데올로기보다 더 강하고 질긴 것은 '그럼에도 불구하고 가족'을 향한 슬프도록 질기고 끈덕진 그리움이었다. 가족을 넘어선 사랑도, 다시 가족으로 돌아오는 사랑도, 모두가 우리가 껴안아야 할 더 큰 사랑의 서사이기에.

크리스마스 느낌이 물씬 풍기는 파리 거리. 이렇게 아름다운 파리의 크리스마스 속에서 나는 더 짙은 외로움을 느꼈다. 두고 온 내 소중한 사람들이 너무 그리웠기에. 크리스마스는 종교가 없는 나에게도 '이날만은 다정하게' '이날만은 따스하게' 살고 싶은 갈망을 부추긴다. 인간은 어쩔 수 없이 따스함을 갈망하는 존재라는 사실을 깨닫는다. 크리스마스는 이상하게도 우리의 뿌리, 우리의 '가장 나중 지니인 것', 우리가 끝내 기댈 곳을 생각하게 만든다.

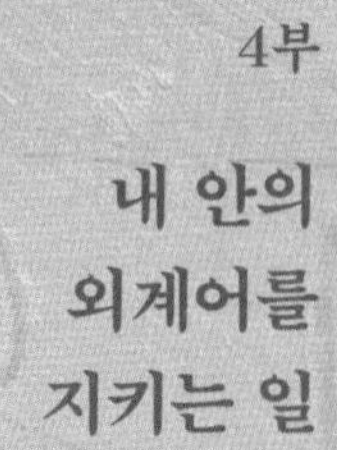

4부

내 안의 외계어를 지키는 일

다락방의 미친 여자, 세상 밖으로 나오다

《광막한 사르가소 바다》

열광과 분노라는 상반된 감정이 동시에 똑같은 대상을 향해 차오를 때가 있다. 예컨대《제인 에어》를 생각하면 열광과 분노가 동시에 느껴진다. 제인 에어의 모험과 투쟁에 열광하면서도 로체스터가 '다락방의 미친 아내' 버사 메이슨을 방치하는 장면에서는 분노가 끓어오른다. 로체스터는 새로운 사랑 제인을 얻기 위해 엄연히 살아 있는 아내 버사 메이슨을 '미친 여자'이자 '살아 있는 시체'로 취급한 것이다. 작가 샬럿 브론테는 자신이 사랑하는 주인공 제인 에어에 대해서는 마침내 해방된 여성의 눈부신 행복을 거머쥐게 하면서, 또 다른 고통받는 여성 버사 메이슨에게는 원인도 해결책도 없는 광기를 부여했다.《로빈슨 크루소》를 읽을 때도 비슷한 열광과 분노가 동시에 솟아오른다. 무인도에 홀로 고립된 로빈 크루소가 혼자서도 문명을 처음부터 재창조할 수 있음을 증명이라도 하듯이 척척 1인용 왕국을 개척할 땐 자못 신이 나면서도, 그가 원주민 프라이데이를 노예처럼 부리는 대목에 이르러서는 분노를 금할 길이 없다. 작가가 로빈슨 크루소를 영웅으로 만드는 동안 영문을 모르는 순박한 청년 프라이데이는 졸지에 자유민에서 노예로 전락한 것이다. 사실 우리가 걸작이라고 믿는 수많은 작품이 이런 문제를 품고 있다. 자신이 누구의 희생을 짓밟고 있는지도 모르면서 승리를 구가하는 주인공들이 존재하는 것이다.《제인 에어》가 영국 본토 출신 여성의 주체적 성장을 위해 식민지 출신 여성의 희생을 자신도 모르게 방조하고 있다면, 로빈슨 크루소의 성공은 철저한 제국주의 입장에서 문명화된 주체의 시선으로 무인도 원주민을 야만인으로 전락시키고 있는 셈이다.

그러나 다행스럽게도 문학작품들 사이에는 시대를 뛰어넘는 가상의 대화가 가능하다. 샬럿 브론테의《제인 에어》가 보살피지 못한 식민지 여성의 상처는 진 리스의《광막한 사르가소 바다》가 보듬어주고,《로빈슨 크루소》가 돌보지 못한 원주민 프라이데이의 진심은 미셸 투르니에의《방드르디, 태평양의 끝》이 속삭여 주는 것이 아닐까. 원작에 영감을 받아 탄생한 이런 작품들은 단순히 패러디나 리메이크가 아니라 완전히 독립된 작품으로서 더 큰 의미를 발휘한다.

특히 진 리스의《광막한 사르가소 바다》는 분명《제인 에어》에서 영감을 받았지만 원작을 뛰어넘는 감동을 선물한다.《제인 에어》에서 로체스터는 무언가를 숨기고 있기에 더욱 신비로운 인물로 등장했는데《광막한 사르가소 바다》에서는 그 신비로운 비밀이 실은 한 여성을 향한 지독한 통제와 소유욕이었음이 드러난다.《제인 에어》에서 로체스터는 자신을 '원래부터 미친 아내' 버사 메이슨 때문에 고통받는 피해자로 인식하지만,《광막한 사르가소 바다》에서는 당시 영국의 남성 중심적인 상속 제도의 허점을 정확히 악용하여 영국 식민지 자메이카 출신의 아내에게서 재산과 육체는 물론 영혼까지 빼앗는 탐욕의 화신이 된다. 다락방의 광녀는 처음부터 미친 것이 아니라 남편이 그를 미치게 만들었던 것이다. 다락방의 미친 여자는 미쳤기 때문에 갇힌 것이 아니라, 가두었기 때문에 미쳐버린 것이 아닐까.

다락방의 미친 여자 버사 메이슨의 원래 이름은 앙투아네트 코스웨이다. 영국인 농장주인 양아버지와 식민지 크리올(유럽 혈통이지만 식민지에서 성장한 사람) 출신 어머니 사이에서 자라난 앙투아네트. 그는 눈부신 미모와 열정을 지녔지만 자신을 '흰 검둥이'나 '하얀 바퀴벌레'라고 저주하는 원주민들의 괴롭힘에 지쳐간다. 원주민들의 시선에 비친 앙투아네트 모녀는 영국인이라고는 결코 말할 수 없는 얼굴, 영락없는 이방인의 얼굴, 이쪽도 저쪽도 아닌 '하얀 가면을 쓴 검둥이'였다. 하지만 앙투아네트는 원주민들의 방화 사건으로 정든 집은 물론 사랑하는 남동생까지 잃고, 어머니가 정신병원에 갇혀 죽어가는 상황에서도 굴복하지 않는다. 아버지의 나라 영국에서 온 남자 로체스터와의 사랑을 믿었기 때문이다. 앙투아네트는 꺾이지 않는다. 사람들이 아무리 날개를 꺾어놓아도 그의 날개는 도마뱀의 잘린 꼬리처럼 놀라운 회복력으로 다시 자라났다. 로체스터가 '버사 메이슨'으로 이름을 멋대로 바꿔 부르기 전에는. 그는 앙투아네트를 '마리오네트'라고 부르더니, 아내가 꼭두각시 인형처럼 마음대로 조종되지 않자 결국 버사 메이슨이라는 전형적인 영국식 이름으로 바꿔 부르며 아내의 정체성을 앗아간다. 그녀는 더 이상 앙투아네트로 불리지 못하자 자신의 원래 모습, 즉 앙투아네트라 불리던 모든 것들이 연기처럼 사라지는 것을 느낀다. 앙투아네트 자체로서 사랑받지 못하게 되자 그녀의 향기, 옷, 거울 그 모든 것이 이제는 소용없어져 버린다.

로체스터는 처음에 재산을, 그다음에 육체를, 결국에는 정신까지, 앙투아네트의 생명력을 차례차례 정복해 나간다. 마치 제국주의자들이 식민지의 영토와 주권을 빼앗은 뒤 끝내는 언어와 문화까지 빼앗아 가듯이. 그리고 마침내 앙투아네트의 하녀와 하룻밤을 보냄으로써 로체스터는 마지막 남은 부부 사이의 믿음까지 앗아간다.

하지만 앙투아네트는 여전히 기억한다. 영국인들은 상상도 할 수 없는 아름다움으로 가득한 고향의 모습을. 식민주의자들이 정복하고 착취하고 때로는 깡그리 잊고 싶어 하는 존재, 그런 존재가 바로 자신임을 알지만, 스스로의 정체성을 포기하지 않는다. '더러운 피'를 물려받은 크리올이자 저주받은 유전자 취급을 받으면서도 버사 메이슨이라는 영국식 이름이 아니라 원래 이름 앙투아네트를 고집한다. 그는 남편의 보호를 바란 것이 아니다. 남편의 사랑을 꿈꾸었다. 우리와 똑같이, 사랑받고 싶어 하는 인간의 본능으로. 하지만 로체스터는 아내의 '보호자'를 자처하면서 아내에 대한 모든 '통제권'을 휘두르려 한다. 남편이 아내를 손필드의 저택 다락방에 가두는 순간, 앙투아네트는 다락방의 미친 여자로 전락하여 영원히 보통 사람들의 세계에서 추방당한다. 앙투아네트는 로체스터가 언젠가 진짜 이름을 불러주길, 언젠가 진짜 아름다움을 알아주기를 갈망하지만, 그 사랑은 철저히 짓밟힌다. 앙투아네트는 사랑할 준비가 전혀 되어 있지 않은 한 남자를 바보처럼 아무 조건 없이 사랑했고, 끝까지 믿었으며, 결국 그 저주받은 사랑으로부터 영원히 해방될 방법은 죽음뿐임을 깨닫는다.

유모였던 크리스토핀은 앙투아네트의 몸에 '태양'이 깃들어 있다고 말한다. 그러나 로체스터는 그 눈부신 태양을 두려워한다. 앙투아네트의 마음속에 깃든 모든 열정과 재능과 자유가 그에게는 불편하고 길들일 수 없으며 예측 불가능한 무엇으로 인식된다. 마침내 앙투아네트의 재산과 육체를 빼앗은 로체스터는 아내의 마음속에 꿈틀거리는 태양마저 없애버린다. 이름을 잃어버린 앙투아네트는 이제 영혼마저, 정체성마저, 내가 누구라는 자각마저 잃는다. 그는 너무 외로워서 거울 속의 자신에게 입을 맞춘다. 그러나 유리가 '나'와 '거울 속의 나'의 만남을 가로막았다. 딱딱하고 차디찬 유리를 느끼며 앙투아네트는 자신이 바로 이런 상황에 부닥쳤음을 깨닫는다. 아무리 다가가려고 해도 결코 닿을 수 없는 거대한 장벽에 부딪친 것이다. 앙투아네트는 진정한 사랑을 꿈꿨고 자기만의 새로운 삶을 시작하고 싶은 사람이었지만, 로체스터는 아내 안에 숨 쉬는 그 자연스러운 갈망과 열정을 완전히 차단하려 했다.

《제인 에어》는 버사 메이슨의 죽음을 악인의 합당한 최후라도 되는 듯 처참하게 묘사하지만, 내 눈에 비친 버사 메이슨, 아니 앙투아네트는 결코 패배하지 않았다. 그는 마음속의 낙원, 그가 꿈꾸는 새로운 꿈의 고향 어딘가로 보이지 않는 날개를 달고 멀리 날아간 것이 아닐까. 진 리스는 브론테가 크리올 여성을 미친 여자로 묘사한 데 분노를 느낀다. 어머니가 크리올이었으며, 자신 또한 영국 식민지 도미니카공화국에서 자랐기 때문에 그곳의 분위기가 어떤지를 뼛속 깊이 알고 있었다.《제인 에어》에서 마치 "옷을 입은 하이에나"처럼, "네 발로 기어 다니는" 굴욕적인 존재로 그려진 버사 메이슨은 영국인들의 집단적 우월감이 만들어낸 식민지 여성의 뒤틀린 이미지가 아니었을까.

문학은 그렇게 다락방의 미친 여자로 갇혀버린 수많은 버려진 존재의 이야기를 우리 곁의 생생한 인물로 부활시킨다. 오늘 밤 다락방의 미친 여자, 아니 버사 메이슨, 아니 아름다운 앙투아네트가 우리 집 창문을 두드리며 외칠 것 같다. 나를 들여보내 줘요! 당신들의 세상 속으로. 당신들이 웃고 떠들고 손뼉치며 열광하는 그 아름다운 생의 한가운데로 나를 초대해 주세요.《폭풍의 언덕》에서 유령이 되어 사라진 캐서린의 대사처럼. 같은 여성조차 그 아픔을 공감해 주지 않은《제인 에어》의 미친 여자 앙투아네트는, 오이디푸스의 비참한 마지막을 끝까지 함께해준 딸 안티고네는, 영웅 이아손이 목적을 이루자 헌신짝처럼 버려진 아내 메데아는, 그렇게 우리를 향해 외치고 있는 것이 아닐까. 렛 미 인. 당신들이 매일 희로애락과 간난신고를 경험하는 그 따뜻하고 평범한 세계로 나를 들여보내 주세요. 당신들과 함께하고 싶어요. 당신들과 나는 같은 하늘을 이고 있는, 서로 다른 것보다 닮은 것이 훨씬 많은 살아 있는 인간이니까요. 렛 미 인, 렛 미 인.

세상에 미처 편입되지 못한 그들의 안타까운 속삭임이 내 작은 창문 위로 빗물처럼 흐르는 밤이다. 나는 내 창문을 절박하게 두드리는 그대의 차가운 손을 꽉 붙든다. 아직 온기가 남은 내 손으로. 내가 살아오고, 읽어오고, 공감해 온 모든 이야기의 힘으로. 당신의 차디찬 손을 언제까지나 꽉 붙들 것이다.

뉴욕의 현대미술관MoMA에서 발견한 클림트의 〈희망〉은 멀리서 보면 아름답지만 가까이 가서 볼수록 기괴하고 전복적이다. 멀리서는 아이를 밴 젊은 여인의 모습이 평화롭고 희망적으로 보이는데, 가까이 보면 그 임신한 여인의 배 속에서 온갖 걱정과 공포와 불안이 스멀스멀 피어오른다. 생각해 보니 희망이란 본래 불온하고, 비밀스럽고, 절망조차 품어 안았을 때라야 비로소 완전해지지 않을까. 여성에게 무조건 희생과 순응을 강요하는 사회에서 '집안의 천사'로 살아야만 했던 여성들은 저토록 다채로운 두려움, 절망, 슬픔을 숨기고 살지 않았을까.

다시 쓰기의 힘

《피그말리온》

원작보다 리메이크가 더 좋은 경우가 있을까. 놀랍게도 우리 짐작보다 꽤 많다. 예전에는 어떻게 원작을 따라가나, 리메이크는 어디까지나 2차 창작물일 뿐이라고 생각했다. 하지만 세상은 믿을 수 없이 빠른 속도로 바뀌고, 새로운 해석은 더더욱 절실하다. 너무 낡아버린 부분을 과감하게 덜어내야만 비로소 우리에게 제대로 도착하는 고전들이 있다. 인간을 사랑하지 못하고 오직 자신이 만든 완벽한 조각상만을 사랑했던 피그말리온의 이야기를 희곡으로 개작한 조지 버나드 쇼의 《피그말리온》이야말로 대표적인 사례다. 신화에서는 너무도 남성 중심주의적인 결말, 즉 '남성이 원하는 아름다운 여성'으로 변신한 조각상의 목소리가 전혀 등장하지 않는다. 조각상 갈라테이아는 사랑의 여신 아프로디테의 힘을 빌려 인간으로 변신하자마자 자기 인생이 아닌 '한 남자의 소유물'로 전락해야 했다. 하지만《피그말리온》에서 우리 시대의 갈라테이아, 즉 인간 대접을 받지 못한 채 심한 런던 하층민 사투리를 쓰며 거리에서 꽃을 파는 여인 일라이자는 비로소 '목소리'를 얻는다. 자신만의 목소리를. 그것도 자신을 창조한 아버지의 착취를 뛰어넘어, 그리고 자신을 '제2의 인격', 즉 놀라운 귀족 숙녀로 변신시킨 제2의 아버지 히긴스의 시나리오를 뛰어넘어. 갈라테이아, 아니 일라이자는 원작을 강력하게 부정해야만 진정으로 눈부시게 부활하는 기념비적 캐릭터였다.

오비디우스의《변신 이야기》에서 피그말리온은 '원톱' 주인공이었다. 조각상과 사랑에 빠져 조각상에 입을 맞추고 조각상에 담요를 덮어주는 피그말리온의 기이한 행동을 말릴 사람은 아무도 없었다. 사랑의 여신 아프로디테는 현실의 불완전한 여성들을 있는 그대로 사랑하지 못하고 조각상의 완벽한 미모에 빠진 피그말리온의 외모 지상주의에 전혀 제동을 걸지 않았다. 오히려 조각상을 통해서라도 완벽한 이상형을 자기 여자로 만들려는 피그말리온에게 지극히 로맨틱한 사랑꾼의 이미지를 덧입혔다. 네 간절한 소원이니 내가 이루어주리라. 아프로디테는 조각상이라는 가상의 이미지와 사랑에 빠진 피그말리온의 욕망을 '사랑'으로 격상시켰다. 그리스 신화에는 여성의 꿈이 언젠가 이루어지리라는 희망이 거의 없다. 여성들은 제우스와 아폴론을 비롯한 수많은 남성에게 강간당하고, 스토킹당하고, 헌신짝처럼 버려지고, 심지어 다프네처럼 월계수로 변하는데, 아무도 그들에게 너만의 주체적인 인생을 살라고 권하지 않는다. 올림포스 열두 신 중 하나인 아테네 정도는 되어야 결혼하지 않고 평생 독신으로 살 권리를 간신히 얻을 수 있었다. 인간세계에서는 프시케가 유일하게 인간이자 여성으로서 꿈을 이루지만 사랑의 신 에로스의 극진한 사랑을 받는 지극히 예외적인 행운의 주인공이었다.

조지 버나드 쇼의 《피그말리온》은 그 그리스 신화의 편협한 남성 중심주의에 유쾌한 균열을 낸다. 보통 여인, 아니 보통보다 훨씬 비참한 상황에 있는 일라이자가 마침내 남성과 대등하게 대사 분량이 많은 투톱 주인공이 된 것이다. 일라이자는 런던의 코번트 가든에서 꽃을 팔며 사는 일용직 노동자다. 초라한 단벌 신세로 종일 고생해서 간신히 꽃을 팔아도 주정뱅이 아버지가 그 돈을 뜯어 가기 일쑤였다. 조각상일 때나 사람일 때나 일관되게 말이 없던 그리스 신화 속 갈라테이아와는 비교도 안 되게 일라이자는 말이 많다. 일라이자는 '말이 많은 여자'에게 결코 우호적이지 않은 세상을 향해 온몸을 던지는 페미니즘의 다이너마이트다. 나는 그녀의 억척스러운 사투리가 좋다. 사투리든 속어든 상관없이, 자기만의 목소리를 거침없이 발화하는 일라이자가 눈부시다. 현대의 피그말리온, 이제 조각가가 아닌 언어학자로 변신한 히긴스는 그녀의 '말 많음'뿐 아니라 '올바르지 않은 언어'를 혐오한다. 도저히 자신의 완벽한 언어학 사전에 욱여넣을 수 없는 일라이자의 투박한 사투리를 '교정'하여, 꽃 파는 처녀 일라이자를 완벽한 잉글랜드 표준어를 구사하는 우아한 숙녀로 만드는 것이 그의 목표다. 신화 속 피그말리온이 생명이 없는 조각상을 아름다운 처녀로 만들고 싶어 했다면, 현대의 피그말리온인 언어학자 히긴스는 '천민이자 사투리 구사자이자 볼품없는 아가씨'를 '완벽한 표준어를 구사하는 정형화된 숙녀'로 만들고 싶어 한다.

더욱 흥미로운 지점은 히긴스가 앓는 마음의 병이 피그말리온보다 한층 심각하다는 점이다. 피그말리온은 남성 중심주의에 찌들긴 했지만 그럼에도 로맨티시스트였다. 그는 사랑을 알았다. 사랑을 알았기에 대충 사랑할 수는 없었다. 완벽하게 사랑해야 했고, 사랑을 향해 인생을 던질 준비가 되어 있었다. 그래서 신 앞에 엎드려 기도하는 겸허함도 갖추고 있었다. 제발 내가 사랑하는 저 조각상이 진짜 살아 있는 여성이 되도록 도와주세요. 이 기도에 숨은 전제는 나는 오직 이 여자를 평생토록 사랑하겠다는 굳은 맹세였다. 아프로디테도 이 지점에 감동했을 것이다. 남들이 뭐라든 사랑밖에 모르는 피그말리온은 조각상을 사람 못지않게 애지중지하는 정성을 보였다. 그는 사랑을 위해 미친 사람이 될 각오가 되어 있었다. 사랑에 미쳤고, 사랑을 실현하는 예술에 미쳐 있었으므로, 그는 분명 이기적이었지만 어딘가 매력적인 주인공이기도 했다. 히긴스는 다르다. 히긴스는 자신의 야망을 실현하기 위해 일라이자를 이용한다. 일라이자를 향한 알 수 없는 끌림을 느끼지만 그 감정을 성공적으로 억누른다. 언어학자로서의 성공이 가장 중요한 미션이기 때문이다. 오직 목표를 향해 눈가리개를 한 경주마처럼 달려가는 히긴스에게 일라이자는 살짝 매력을 느끼지만 히긴스의 목표가 이루어지자 자신이 쓸모없는 존재가 되었음을 스스로 깨닫는다.

일라이자는 목표를 초과 달성했다. 일라이자의 원래 꿈은 런던의 깨끗한 꽃 가게에서 어엿한 점원으로 일할 정도의 '번듯한 영어'를 구사하는 것이었다. 심한 사투리로는 도저히 취직할 수 없었다. 하지만 히긴스가 모든 언어학 지식을 총동원하며 완벽한 표준어를 가르쳤고, 파티장에 모인 사람들은 지나치게 훌륭한 영어를 구사하는 그녀를 향해 '헝가리 귀족' 출신의 공주가 분명하다고 떠들어댄다. 히긴스는 눈부신 숙녀로 변신한 일라이자에게 잠깐 흔들리지만 곧 평정을 되찾는다. 사랑에 빠지는 건 히긴스답지 않기 때문이다. 여성을 귀찮은 잔소리 제조기계 정도로만 여기는 히긴스에게 사랑에 빠진다는 것은 남성의 드높은 자존감에 심각한 위협을 초래하는 일이었다. 일라이자는 자신을 실험실 쥐처럼 대하는 히긴스의 냉혹함에 진저리친다. 차라리 꽃 파는 처녀일 때가 나았다고, 이제는 거리에서 꽃도 팔지 못하고 평범한 꽃집에 취직도 할 수 없게 되었다고 절규하는 일라이자는 정체성의 위기에 직면하지만 그것은 '진짜 나 자신'이 되기 위해 필연적으로 거쳐야 할 통과의례이기도 하다. 일라이자는 마침내 '자기만의 인생'을 찾았고, 더 이상 '피그말리온의 사랑스러운 조각상'이기를 그만둔다.

조지 버나드 쇼의 새로운 《피그말리온》이 없었다면 그리스 신화는 오랫동안 남성 중심주의의 어두운 그늘을 벗어나지 못했을 것이다. 이런 창조적이고 혁명적인 다시 쓰기의 가치는 퇴색하지 않는다. 아름다운 이야기는 끊임없이 수정되고, 개작되고, 다시 쓰여야 한다. 이야기의 불꽃이 꺼지지 않도록. 처음 태어났던 이야기의 에너지가 약화될 때마다 현대사회에서 더욱 절실한 문학의 가치가 부활할 수 있도록, 더 뜨거운 다시 쓰기 열풍이 일면 좋겠다.

나에게도 '일라이자의 사투리'가 있다. 이 세상의 언어로는 번역되지 않는, 울퉁불퉁하고 도저히 통제가 안 되는 나만의 외계어가 있다. 문학을 사랑하는 일은 이 '자기 안의 외계어'를 끝내 지키는 일이다. 그리하여 우리 시대에 또 다른 혁명적인 작가들의 붓끝에서 일라이자보다 더 독창적인 사투리를 쓰는 멋진 갈라테이아가 다시 탄생하기를 꿈꾼다. 일라이자처럼 아무리 힘겨운 상황에서도 자신만의 오롯한 세계를 창조해 내는 주인공, 그러나 끝내 착한 청년 프레디와 결혼하는 일라이자와 달리 결혼이라는 결말을 거부한 채 매일 새로운 시작인 우리 삶을 더욱 강인하고 당당하게 살아내는 우리 시대의 새로운 일라이자들이 탄생하기를. 원작을 살짝 변형하는 소심한 리메이크를 넘어 원작을 아예 새롭게 다시 쓰는 리라이팅의 아름다움이 마음껏 꽃피는 세상이 오기를.

"할머니, 무엇을 그렇게 열심히 쓰고 계세요?" 묻고 싶었지만 스페인어를 몰라 물을 수가 없었다. 의자나 책상도 없이 그저 문지방에 걸터앉아 쉬지 않고 맹렬히 글을 쓰는 쿠바 할머니의 모습이 너무 아름다워 나는 한참 그곳에 서서 사각사각 연필이 종이를 스치는 소리를 들었다. 그녀처럼 무언가를 종이 위에 끊임없이 쓰면서 아름다워지는 존재가 되고 싶다.

아주 작고 눈부신 날개

《이생규장전》

나는 오늘도 시를 읽고, 소설을 읽고, 에세이를 읽는다. 위험을 피해 안정을 얻기 위한 마음의 기술이 아니라 위험을 온몸으로 겪어내고도 내 영혼이 파괴되지 않기를 기도하는 마음으로. 위험을 다 감내하고도 삶과 사람과 세계를 사랑하는 힘을 잃어버리지 않기를 기도하는 마음으로.

첫 번째 경계. 하늘 높이 날아오르는 새를 바라볼 때 나는 '내가 할 수 있는 것'과 '할 수 없는 것'의 날카로운 경계를 생각한다. 참, 그렇지, 나는 날 수 없구나. 하지만 간절하게 날고 싶어 하는구나. 창공을 날아오르는 새를 바라보고 있노라면 어떤 기계장치도 없이 오직 존재 내부의 힘으로 날아오르는 새들이 미치도록 부럽다. 아무런 외부의 도움 없이 스스로의 힘으로 저 높이 날아오르는 새처럼, 내 몸은 아닐지라도 마음만은 그렇게 날아오르고 싶어진다. 그런데 돌이켜 보니 나에게도 '보이지 않는 날개'가 있음을 깨닫는다. 남들 앞에 꺼내서 보여줄 수도 없고, 미치도록 날고 싶은 순간 화려하게 펼쳐 보일 수도 없지만 나에게도 아주 작고 눈부신 날개가 있다. 내 존재가 남모르게 날아오르는 순간. 나도 모르게 내 안의 날개가 돋아나는 순간이 있다. 내가 기쁨과 자유와 해방감을 느끼는 순간. 바로 내가 읽은 모든 문학작품이 베트 미들러의 노래 가사처럼 "내 날개를 밀어주는 바람wind beneath my wings"이 되어 휘청거리는 나를 한없는 따사로움으로 받쳐주는 순간이다. 문학을 통해 나는 날개 없이도 날아오른다. 주인공의 슬픔, 작가의 고통이 보이지 않는 날개가 되어 내 존재를 저 요동치는 세상의 중심으로 끌어올려준다.

때로는 "문학 따위는 중요하지 않아"라고 외치는 듯한 세상의 압박에 못 이겨 문학으로부터 도망치고 싶은 시간도 있었지만, 이제 나는 안다. 마침내 나를 날아오르게 해주는 모든 것 가운데 가장 변함없는 것은 내가 읽은 문학작품들임을. 기원전에 만들어진 《일리아스》와 《오디세이아》는 2000년이 넘는 시간의 간극을 뛰어넘어 내 존재를 원초적이고 야생적인 모험의 시간으로 날아오르게 해주었고, 버지니아 울프의 《자기만의 방》과 《댈러웨이 부인》은 머나먼 런던을 마치 부산이나 서울처럼 언제든지 방문할 수 있을 것만 같은 친밀한 공간으로 만들어주었으며, 박경리의 《토지》는 문학작품이 아니면 만나볼 수 없었을 수많은 민초의 눈물겨운 사연들을 올올이 맛보게 해주었다. 이 모든 것이 내 존재의 보이지 않는 날개를 구성한다.

두 번째 경계. 나는 문학을 통해 모든 장애물을 뛰어넘어 사랑한다는 것의 의미를 생각한다. "너는 절대 안 된다"라고 외치는 세상의 모든 장애물을 뛰어넘어 끝내 사랑을 지켜내는 주인공들이 있다. 예컨대 삶과 죽음의 경계를 뛰어넘어 사랑하는 여인의 이야기 《이생규장전》을 생각한다. 가끔 이승에서의 내 사랑이 너무 이기적이고 초라하게 느껴질 때가 있다. 나는 너무 지구인의 경계 안에서만 생각하는 것이 아닌가 싶을 때, '남녀의 경계'와 '너와 나의 경계'를 뛰어넘어 사유하지 못하는 내 비좁은 사랑의 울타리가 문득 안타까워질 때. 나는 《이생규장전》의 이름 모를 주인공 최씨 여인을 생각한다.

이생은 아내를 처참하게 버렸다. 그것도 전쟁의 포화 속에서. 홍건적의 난 당시 도적에게 겁탈당하는 모욕을 당하지 않기 위해 차라리 목숨을 끊어버린 최씨. 그 여인은 죽어서도 남편을 찾아와 전쟁 통에 죽은 부모의 유골이 처참하게 묻힌 곳을 알려 주고, 자신 때문에 아파하지 말라는 메시지를 남기고, 죽어서도 변함없이, 아니 죽어서도 더더욱 한 남자를 사랑하는 마음을 이승에 남겨놓고 저세상으로 다시 떠난다. 내 사랑이 너무 나약하다는 것을 깨달을 때마다 이름도 없이 죽어가고, 죽어서까지 한 남자를 사랑하기 위해 넘을 수 없는 생사의 경계를 뛰어넘었을, 이름이 없어서 더욱 처절한 그 여인을 생각한다. 나는 그만큼 사랑할 수 있을까. 내 사랑은 이승에서의 지극히 현실적인 장애물도 뛰어넘지 못해 아등바등 몸부림친다. 《이생규장전》을 읽으며 나는 내 사랑의 넘을 수 없는 경계를, 그러나 언젠가는 뛰어넘고 싶은 경계를 더듬어본다. 그리고 기원한다. 내가 당신을 더 많이, 더 깊이, 더 끝까지 사랑할 수 있기를. 얼마나 더 깊이 사랑해야, 얼마나 더 멀리까지 인생의 길을 걷고 또 걸어야 사랑을 통해 죽음의 경계까지 뛰어넘을 수 있을까.

세 번째 경계. 문학은 '견딜 수 있는 위험'과 '견딜 수 없는 위험'의 경계 또한 다시 생각하게 만든다. 나아가 나는 내 인생에서 가장 위험한 순간의 고통을 대비하는 심정으로 문학작품을 읽는다. 보험을 들거나 호신술을 배우는 실용적인 위험 대비법으로는 미처 채워지지 않는 부분이 있음을 알기 때문이다. 위험이 닥쳐왔을 때, 도저히 공포와 불안을 피해 갈 방법이 없을 때 문학과 함께했던 모든 순간이 내게 커다란 용기를 주었기 때문이다. 위험을 피하는 것만으로는 위험에 대처하지 못한다. 위험을 피하면 위험으로 인해 우리가 배울 생의 진실까지 놓쳐버리기 때문이다.

도저히 내 힘만으로는 이 상처를 극복하지 못할 것 같은 불안이 엄습할 때가 있다. 그럴 때 비로소 깨닫는다. 내가 사랑한 모든 문학작품이 내 등 뒤에서 보이지 않는 바리케이드를 이루어 세상의 모든 공격으로부터 나를 필사적으로 지켜주고 있음을. 빅토르 위고의 소설 《레 미제라블》의 바리케이드처럼, 가난하고 비참한 백성들의 가구와 집기를 얼기설기 엮어 만든 그 바리케이드가 혁명 전사들의 유일한 버팀목이 되어주듯 문학이 내 마음을 공격하는 모든 상처로부터 나를 지켜주고 있음을. 내가 지닌 어떤 소유물도 나를 지켜주지 못할 때 나는 문학이 내게 조용히 선물했던 간절한 구원의 메시지를 떠올린다.

예컨대 힐데 도민의 시 〈한 송이 장미에 기대어〉는 평생 망명 생활에 지친 시인이 이 세상에 기댈 곳이 '허공'뿐임을 깨달았을 때 길어 올린 기적 같은 시편이다. 지상에 내 몸 하나 누일 방 한 칸을 찾지 못해 헤매는 순간. 세상 모두가 나를 받아주지 않는 듯한 고통 속에서도, 시적 화자는 한 송이 장미 옆이 자신의 쉴 자리임을 깨닫는다. 허공에 방을 하나 마련하고, 보이지 않는 '마음의 그네' 위에 침대 하나 들여놓고, 그렇게 잠들고 싶은 시적 화자의 외로움 속에서, 비로소 장미는 단지 한 송이 꽃이 아니라 '내가 기댈 유일한 장소'가 된다. 그 조그마한 장미를 손에 쥘 수 있는 '사물'이 아니라 온몸을 의탁할 '장소'로 보는 간절한 목마름이 바로 시인의 눈이다. 그리고 나의 문학도 마침내 그 장미 한 송이를 닮은, 폭풍우 속의 피난처임을 깨닫는다. 무엇을 시도해도 실패하고, 번번이 세상의 문 앞에서 좌절할 때. 나에게 문학 또한 내 전 존재를 지탱하는 아주 여리지만 눈부신, 향기로운 장미 한 송이였다.

문학은 아직 준비되지 않은 독자의 영혼에 상처를 준다. 하지만 그 상처를 통해서만 배워지는 것들이 있다. 상처의 틈새로 온 세상의 햇살이 온통 나에게로 쏟아지는 듯한 벅찬 감정을 통해 '내가 아는 나'와 '나조차 아직 꺼내보지 않은 내 잠재력'의 경계가 기쁘게 부서진다. 나는 문학을 통해 '나라고 믿는 것들'과 '내가 아니지만 나일 수 있는 것들' 사이의 경계를 생각한다. 제인 에어가 롱우드 기숙사에서 누구도 제인 에어 같은 나쁜 아이와는 가까이 지내지 말라는 선생의 폭언 아래 체벌을 받을 때 내 영혼은 돌이킬 수 없는 상처를 입었다. 그 아이가 바로 나 같아서. 담임 선생에게 미움을 받아 모두에게 따돌림당한 초등학교 시절의 외롭고 비참한 나 자신 같아서. 하지만 제인 에어는 가장 비참했던 순간, 진정한 친구를 찾는다. 폐병으로 죽어가는 아이 헬렌 번스와 함께 지상의 마지막 우정을 나누며 세상에 기댈 곳이 없던 고아 소녀 제인 에어는 비로소 '사랑 없는 세상'이 아닌 '사랑이 있는 세상'에서 살아가는 찬란한 기쁨을 맛본다. 고통의 터널을 통과해야만 비로소 솟아나는 희망의 멜로디를 문학은 온 힘을 다해 우리에게 들려준다. 상처의 틈새로만 쏟아지는 세계의 눈부신 진실, 거기에 문학의 존재 이유가 있다.

나는 오늘도 날아오른다. 책을 통해, 문학이라는 보이지 않는 날개를 통해 매 순간 힘찬 비상을 준비하며 오늘도 읽고 쓰고 고뇌하는 고통스러운 행복을 체험한다. 나는 오늘도 날아오른다. 내 존재를 스미는 문학의 향기가 가득한 바람의 힘을 빌려. 지상의 고통을 이겨내고 저 높은 이상의 세계로 날갯짓을 하는 모든 순간, 우리는 문학과 함께다.

이 알 수 없는 떨림의 정체는 무엇일까. 나는 책을 읽는 사람을 보면 여전히 설레고 떨린다. 혼자 책을 읽는 사람의 머리 위에는 눈부신 아우라가 깃드는 것만 같다. 뮌헨의 지하철역에서 책을 읽는 사람을 보면서 나는 또 알 수 없는 설렘을 느꼈다. 이제야 조금 알 듯하다. '나와 닮은 사람을 향한 반가움'이었다. 내가 결코 떼어버릴 수 없는 아주 작고 눈부신 날개. 그것은 책을 향한 멈출 수 없는 그리움이었다. 그다음 책은 무엇을 읽어야 할까 맹렬하게 책을 읽으면서 또 고민하는 나의 이 멈출 수 없는 활자 중독이야말로 내 눈부신 날개였다.

아무도 이해하지 못하는 존재를 그린다는 것

《마담 보바리》

두 팔 벌려 환영받기 어려운 주인공이 있다. 영광의 이름보다 치욕의 이름으로 더 많이 기억되는 비극적인 주인공. 아마도 역사상 세상의 욕을 가장 많이 먹은 작품 속 주인공일 것이다. 바로 귀스타브 플로베르의 마담 보바리다. 보바리즘, 이름 자체가 '이즘ism'의 대상이 된 독특한 경우이기도 하다. 그러나 보바리즘은 영광스러운 이름이 아니다. 사치와 허영이 정체성이 되어버린 사람, 결단코 영원히 만족을 모르는 사람, 과소비에 치명적으로 중독된 사람을 가리키는 말이 보바리즘이 되어버렸으니 말이다. 과연 보바리즘은 마담 보바리의 정신을 제대로 구현한

명칭일까. 마담 보바리에 대한 편견을 진심으로 완전히 내려놓고 이 책을 읽으면 보바리즘은 마담 보바리와는 거의 연관이 없음을 깨닫는다. 보바리즘은 오히려 마담 보바리에 대한 '혐오'를 표현한다.

보바리를 전혀 이해하지 못하면서, 한 번도 그의 입장이 되어본 적 없으면서 비난하는 사람들이 만들어낸 '보바리즘'은 그의 고통을 한 치도 제대로 묘사하지 못한다. 마담 보바리는 사랑받고 싶고, 아름다워지고 싶고, 중요한 사람이 되고 싶은 우리 모두의 열망을 너무 솔직하게 표현해 지탄받지 않았을까. 교양 있는 척하는 사람들은 우아하고 세련되게 욕망을 숨기지만, 책밖에는 바깥세상과 연결 고리가 없던 시골 마을의 여인 엠마 보바리는 그런 복잡한 페르소나를 길러내지 못했다. 모두에게 오해받는 사람, 아무도 제대로 이해하려 노력하지 않는 사람인 엠마 보바리를 다시 이해하고 싶어지게 만든 사람은 이 작품의 작가 귀스타브 플로베르였다. 누구에게도 제대로 이해받지 못한 엠마 보바리, 그 한 사람을 지키기 위해 작가 플로베르는 이렇게 말한 것이 아닐까. "마담 보바리, 그건 바로 나야."

'내가 바로 마담 보바리다'라는 그의 외침은 내 마음속에서 이렇게 변형된다. 내가 바로 퀴어다. 내가 바로 가장 비참한 마이너리티다. 내가 바로 누구에게도 이해받지 못하는 참혹한 고통 속에 살아가는 단독자다. 퀴어는 단지 성소수자만이 아니라 이 세상에서 차별받고 오해받으며 소외당하는 모든 사람을 가리킨다. 그렇게 플로베르는 사치와 불륜에 빠져 인생을 망친 여성의 대명사가 될 위험에 처한 엠마 보바리를 구해낸 것이 아닐까. 엠마 보바리는 작가 플로베르를 통해 그렇게 사랑받을 가치가 있는 사람, 이해받고 존중받을 가치가 있는 존재로 거듭났다. 아무도 이해하지 못할 거라고 생각했던 아이디어를 결국 누군가가 이해할 수 있는 생각, 우리 모두 공감할 가치가 있는 생각으로 바꾸는 것이 글쓰기의 힘이다. 아무도 이해하지 못하는 후미진 이야기를 누구나 이해할 수 있는 우리 모두의 따스한 이야기로 바꾸는 것. 그것이 문학의 힘이다. 누구도 응원하지 못했던 여자, 외롭고 비참하게 미쳐가고 있던 그 여자 보바리를 온 세상 사람들이 공감하고 아파하는 이야기의 주인공으로 만드는 것. 그것이 문학의 힘이다.

그렇다면 당대의 사람들은, 그리고 지금도 마담 보바리를 비난하는 사람들은 왜 그토록 그를 미워할까. 우리 안의 영원히 사랑받고 싶은 마음, 아름다운 장소와 아름다운 사물과 아름다운 분위기 속에서 영원히 살고 싶은 불가능한 환상을 자극하는 인물이기에 사람들은 마담 보바리를 그토록 치명적인 위험인물로 낙인찍은 것이 아닐까. 보바리 안에 꿈틀거리는 결코 해소되지 않는 욕망, 아름다운 사랑 이야기의 눈부신 주인공이 되고 싶은 열망이야말로 자기 안의 위험한 욕망이기에. 매일 견뎌야 할 상투적인 일상에 대한 혐오를 숨긴 채 아무 일 없는 듯 우아하게 일상을 참아내야 하는 사람들의 눈에는 보바리 부인의 달콤한 로맨스와 아름다움으로 온몸을 휘감은 듯한 사치스러움이 얼마나 위험스럽고 사악하게 보였을까. 내 앞의 평범한 일상을 바보 같은 헛짓거리로 만들어버리는 마담 보바리의 화려하고 눈부신 삶을 질투할 수밖에 없었던 사람들도 있지 않았을까. 작가 플로베르는 그렇게 우리 안에 영원히 이해받지 못한 마담 보바리의 욕망을 불러 깨운다. 이 작품의 두 가지 키워드, '금지된 연애'와 '과도한 소비'가 약속하는 현란한 아름다움으로 우리의 비루한 일상을 감쪽같이 포장해 버리고 싶은 숨은 열망을 보바리는 온몸으로 실현해 내고 있는 것이다.

마담 보바리는 우리 안에 영원히 이해받지 못할 또 하나의 허영심 많고 사랑받고 싶은 내면아이inner child를 일깨운다. 끝없이 다른 곳을 꿈꾸는 자, 엠마 보바리는 지금 이 순간에 만족하지 못하고 오직 닿을 수 없는 아득한 미래의 나를 꿈꾸는 모든 사람의 동지다. 소박하다 못해 지루하고 심심한 시골 마을에서 자라난 마담 보바리는 파란만장한 것들, 드라마틱한 것들, 곧 무슨 일이 일어날 듯한 알 수 없는 설렘에 매혹된다. 바다가 좋은 이유는 오로지 폭풍우 때문이며, 초목은 폐허 속에 드문드문 돋아나 있을 때만 매혹적으로 보인다. 조용히 찻잔을 기울이며 명상에 잠기는 삶 따위는 눈길을 끌지 못한다. 항상 이곳이 아닌 다른 곳을 욕망하는 엠마. 삶을 멋진 로맨스 소설 속 환상으로 수놓으려다 목숨까지 걸어야 했던 여자 엠마 보바리. 사람들은 증오했다. 절대 치유할 수 없는 허영을 영원히 포기하지 못하는 엠마의 그치지 않는 욕망을.

이제 엠마 보바리의 열망이 어렴풋이 보이기 시작한다. 몇백 걸음만 가면 '동네의 끝'이 가늠되는 좁디좁은 마을에서 엠마는 아름다운 것, 사랑스러운 것, 마음을 움직이는 것들로 자신의 세계를 아름답게 만들고 싶었던 게 아닐까. 엠마 보바리는 자신에게 주어진 세계의 울타리를 참기 힘들다. 운명처럼 주어진 세계 너머를 욕망했지만 그 너머가 어디인지 전혀 알 수가 없었다. 사랑만이라도 할 수 있다면, 더 사치스러운 것들로 나의 장소들을 채우면 그 너머를 향해 갈 줄 알았다. 그러나 막상 온갖 빚을 끌어와 화려한 상품들을 사들이고 나니, 그가 지닌 가장 아름다운 모습으로 멋진 남자의 사랑을 얻고 나니, 엠마는 차가운 세상의 시선 속에서 비난받고 저주받는 여인이 되어 있었다. 아무에게도 도움을 청할 수 없어진 그녀에게 남은 것은 비참한 죽음뿐이었다.

어린 시절《마담 보바리》를 처음 읽었을 때는 눈에 띄지 않던 인물이 이제야 제대로 보인다. 마담 보바리의 남편 샤를이다.

아무도 주목하지 않는 남자. 아름다운 아내 엠마가 사랑의 대상으로도 진정한 대화의 상대로도 생각하지 않는 남자. 그 누구도 주목하지 않는 남자. 작가마저 깜빡 잊어버린 듯한 존재. 독자는 더욱 깜빡 잊기 쉬울 뿐 아니라 궁금해하지도 않는 존재, 마담 보바리의 남편 샤를은 지루하고 시시하며 아무런 욕망도 없어 보인다. 사실 그의 욕망은 딱 하나였다. 엠마 보바리의 좋은 남편이 되는 것. 처음부터 그녀를 짝사랑한 샤를은 단 한 번도 엠마의 눈길을 끌지 못했다. 그런데《마담 보바리》의 마지막을 이끄는 주인공은 뜻밖에도 엠마나 그 연인들이 아니라 한 번도 아내에게 사랑받지 못한 비참한 운명의 주인공, 남편이다. 아내와 사랑에 빠졌지만 그를 처참하게 버린 남자 로돌프를 바라보면서도 이렇게 말한다. 당신을 탓하지 않는다고. 하지만 샤를은 아내가 없는 세상에서 살아갈 방법을 알지 못한다. 아내 없는 세상을 상상할 수 없는 그에게 남은 것은 죽음뿐이었다. 적극적인 자살이 아니라 마치 삶의 이유가 깡그리 사라져 저절로 영혼이 육체를 떠나가듯 연기처럼 사라져 가는 샤를이 가슴 아팠다. 이렇게 사라져 가는 사람도 있구나. 아무도 돌보지 못하는 자의 죽음은 바로 이런 것이었다. 엠마 보바리는 끝까지 샤를의 보살핌을 받으며 죽었지만 그에게는 아무도 없다. 모든 것을 다 바쳐 한 여자를 사랑했지만 단 한 번도 돌려받지 못한 사랑의 눈길을 간직한 채 그는 영원한 소멸의 길을 홀로 떠난다.

아무도 이해하지 못하는 존재를 향한 멈출 수 없는 사랑, 그것은 사랑에 빠진 작품 속 주인공과 그 인물을 그려낸 작가가 공유하는 가장 강력한 공통점이 아닐까. 생이 끝날 때까지 자기 이름이 아닌 남편의 성으로 불린 '마담 보바리', 그녀의 진짜 이름은 '엠마'다. 그리고 내 마음속 그녀의 진정한 이름은 '영원히 이해받지 못했지만 사랑받을 자격이 있는 한 명의 소중한 인간'이다. 아무도 감당하지 못했던 여자, 외롭고 비참하게 미쳐가고 있던 그 여자 보바리를 온 세상 사람들이 공감하고 아파하는 이야기의 주인공으로 만드는 것. 그것이 글쓰기의 힘이다. 아무도 사랑하지 않는 자의 죽음, 아무도 바라보지 않는 자의 슬픔, 아무도 보살피지 않는 고통의 편에 서서 결코 그의 마지막 동지이기를 포기하지 않는 것이야말로 문학의 아름다움이다.

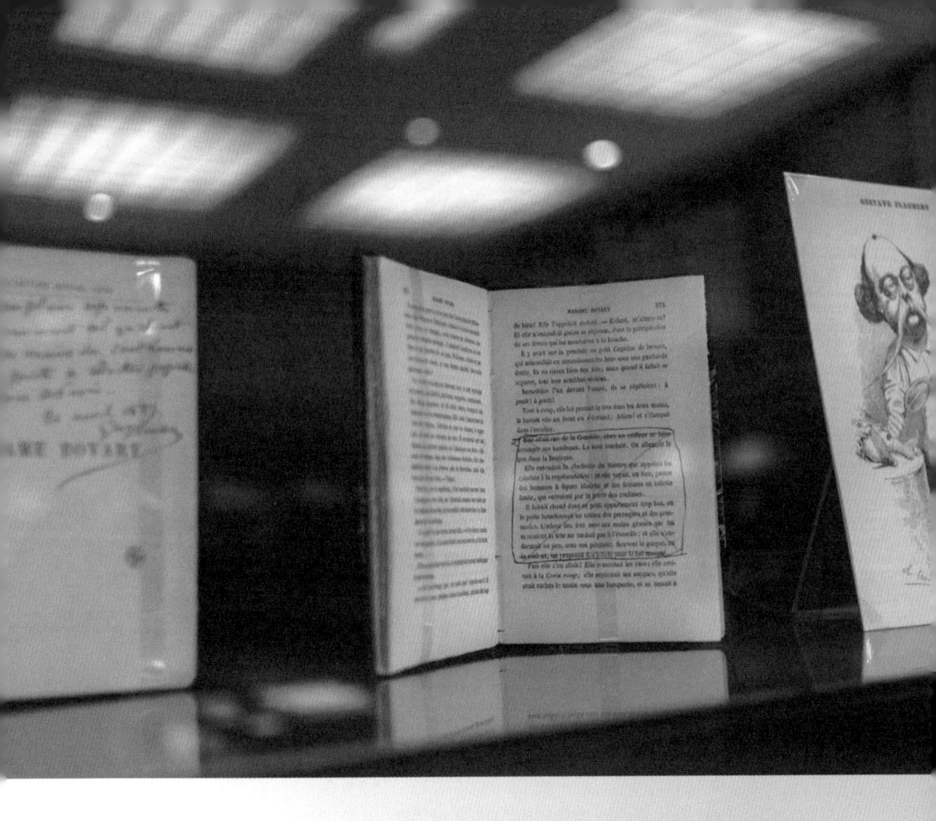

정처 없이 길을 걷다가 우연히 발견한 파리의 명소 파리 역사도서관에서《마담 보바리》의 생생한 흔적을 만났다.《마담 보바리》에는 이런 표현은 안 된다는 듯 검열과 삭제의 흔적인 가위표가 선명하게 남아 있다. 사랑받고 싶었지만 미움받았고, 이해받고 싶었지만 괄시와 차별과 냉대를 받아야 했던 마담 보바리의 슬픔이 더욱 생생하게 느껴진다.

사랑받지 못한 자의 더 커다란 사랑

《바리데기》

바리데기, 평강공주, 박씨 부인 등 수많은 이야기 속 옛 여성들의 공통점은 무엇일까. 철저히 '이름 없는 존재'라는 점이다. 바리데기는 한 아이의 고유한 이름이 아니라 그저 '버려진 존재'를 뜻하는 보통명사다. 평강공주는 평강왕의 딸이라는 뜻일 뿐 진짜 이름을 알 수 없으며, 박씨 부인 또한 그 이름이 알려지지 않았다. 두 번째 공통점. 그들은 잔인하게 버려지고, 존재 자체를 부정당하고, 사람들은 그들을 투명인간처럼 스쳐 지나간다. 바리데기처럼 딸이라는 이유로, 평강공주처럼 아버지에게 저항한다는 이유로, 박씨 부인처럼 얼굴이 못생겼다는 이유로.

세 번째 공통점. 버려지고 짓밟히고 사랑받지 못했지만 그들을 품어주지 않는 세상을 향하여 '더 커다란 사랑'으로 보답한다는 점이다. 그들은 "당신들의 나에 대한 증오와 편견은 잘못되었다"라고 논박하지 않고, 자신을 구해주지 않은 세상을 오히려 아무런 대가 없이 구원하는 존재들이다.

이런 이야기들의 주인공은 모두 바리데기의 후예들이 아닐까. 바리데기의 후예들이야말로 이름 없는 자들의 통쾌한 복수, 복수조차 넘어선 더 큰 사랑 이야기 속으로 우리를 초대한다. 이름조차 얻지 못한 자들, 사랑다운 사랑을 받지 못한 자들, 공동체 내부에 안전하게 속하지 못한 자들의 유쾌한 패자부활전이 바로 문학이다. 문학이라는 거대한 사유의 바다에서는 떠도는 자들, 추방당한 자들, 아프다고 말할 수조차 없는 자들이야말로 진정 아름다운 주인공들이다. 그들은 오직 이야기의 힘으로 찬란하게 부활한다. 이야기의 힘이 없었다면 그들의 빛나는 삶은 결코 후대에 전해지지 않았을 것이다.

그중에도 바리데기 신화는 내 마음속에 항상 언젠가 꼭 닮고 싶은 이상형으로 자리 잡고 있었다. 여기가 끝인가 싶을 때마다, 난 이것밖에 안 되는 존재인가 싶을 때마다 남몰래 꺼내보는 이야기가 바리데기 신화다. 바리데기는 태어나자마자 버려졌다. 오구대왕의 일곱 번째 딸, 그러니까 공주로 태어났는데도 바리데기는 공주다운 삶은 누려보지 못했다. 미처 자기 존재의 아름다움을 펼쳐 보일 기회조차 없었다. '또 딸'이라는 이유만으로 버려졌다. 그 이름 자체가 '버려진 존재', 즉 허섭스레기 같은 존재라는 의미를 새기고 있으니. 그렇게 철두철미하게 버려진 것으로 모자라 자기를 버린 아버지의 병을 고치기 위해 머나먼 서천서역국으로 치유의 꽃과 물을 찾아 나선다. 서천서역국은 하데스처럼 한 번 가면 다시 돌아오기 힘든 무시무시한 죽음의 장소였다.

찢어지게 가난한 노부부가 바리데기를 데려다 기르지만 바리데기는 그들이 부모가 아님을 알고 자신의 정체성을 궁금해한다. 그러던 어느 날 죽을병에 걸린 아버지, 오구대왕을 위해 생명수와 꽃을 구하러 서천서역국으로 떠난 바리데기는 무장승의 청을 들어주고 결혼하여 아들까지 낳아준 뒤 마침내 약초와 물을 얻는다. 그렇게 구해 온 물과 꽃으로 병이 낫자 아버지는 그제야 바리데기의 소중함을 깨닫고 나라의 절반을 주겠다고 하는데 바리데기는 죽음의 강을 건네주는 만신의 몸주가 되겠다며 거절한다. 만신의 몸주란 지상에서 고통받는 존재가 저세상으로 갈 때 그 아픔을 덜어주고 무사히 저승으로 길을 안내하는 사람이다. 바리데기는 인간의 부귀영화를 포기하고, 공주라는 지위와 특권조차 포기하고, 삶과 죽음을 이어주는 자, 샤먼이 되겠다고 선언한 것이다. 바리데기는 단순히 효심의 아이콘이 아니며 버려진 자가 선택할 수 있는 가장 아름다운 삶이 무엇인지를 성찰하게 하는 이야기다.

바리데기 신화를 읽다 보면 그녀가 결코 순종적이거나 희생적인 존재가 아님을 보여주는 대목들이 통쾌함을 안겨준다. 무려 여섯 명이나 되는 언니들이 하나같이 서천서역국 같은 위험한 곳에는 가지 않겠다고 하였으니 바리데기는 궁금하여 왕에게 묻는다. "아흔아홉 빗장 속에서 청사 흑사 이불에 진주 안석으로 귀하게 기른 여섯 형님네는 어찌 못 가나이까?" 공주로 귀하게 자란 언니들은 아버지를 구하기 위해 손가락 하나 까딱하지 않는데, 그들은 어찌 당신을 구하러 가지 않냐고 묻는 바리 앞에서 생부 오구대왕은 할 말을 잃는다. 그는 모든 것을 가진 줄 알았지만 아무에게도 진정으로 사랑받지 못했던 것이다.

바리데기의 슬기로움은 이 세상에 내 자리가 없다는 판단이 들 때마다 더욱 빛을 발한다. 바리데기의 가장 큰 장점은 부모에 대한 효심이 아니다. 효는 바리데기가 실천하는 수많은 사랑 이야기 속에서 아주 작은 부분을 차지한다. 바리데기는 그저 자신을 버린 아버지를 구하기 위해 목숨을 건 모험을 떠나는 것이 아니다. 처음에는 자기 운명의 가혹함을 이해하기 위해 모험을 떠나고, 나중에는 도움을 청하는 수많은 사람의 고통에 대한 연민과 공감으로 온갖 허드렛일을 자청하여 그들의 아픔을 보살피며, 마침내는 인간의 가장 커다란 두려움인 '죽음의 고통'을 어루만지는 존재가 되기 위해 목숨을 건 도약으로 나아간다. 모든 것은 자발적인 선택이었다. 자신을 버린 아버지에게 사랑받거나 인정받기 위한 가여운 몸부림이 아니었다.

오구대왕은 자신이 버린 딸 덕분에 간신히 목숨을 보전하고도 정신을 차리지 못한다. 재산과 지위로 딸을 회유하려는 심보는 어쩌면 그토록 이기적인가. 재산을 나눠 준다고 해서, 국토의 절반을 떼어 준다 해서 아버지의 딸로 주저앉을 바리데기가 아니다. 오구대왕의 무대가 왕권 중심의 국가 하나라면 바리데기의 무대는 온 세상의 아프고 슬픈 사람들을 향해 뻗어나간다. 오구대왕은 철저히 남성 중심적인 사고(아들이 아니면 왕위를 물려줄 수 없다는 생각)와 좁은 영토관에 사로잡혀 있다. 그는 자기 영토 내, 특히 가족과 신하밖에 알지 못하며, 정작 국왕의 그늘 안에서 편안하게 살아온 가족과 신하들은 아무도 왕을 구하겠다며 나서지 않는다. 오구대왕의 '우리'라는 개념은 지극히 편협하고 배타적인 경계 안에 갇혀 있다. 바리는 국가의 영토를 넘어, 신분의 격차를 넘어, 온 세상을 유랑하며 마침내 삶과 죽음의 경계까지 뛰어넘으려 한다. 바리데기의 깊고 너른 시선으로 바라보면 '내 목숨 살자고 오래전에 버린 딸을 다시 찾는 아버지'가 얼마나 옹졸하고 편협하게 보였을까. 하지만 바리데기는 원망하지 않고 담담히 결심을 말한다.

"오냐 나라 반을 주마 국가 반을 주마"라고 뒤늦게 딸을 회유하는 국왕에게 바리데기는 이렇게 선언한다.

“나라 반도 싫고 국가 반도 싫고 만화궁도 싫습니다. 저는 어려서 살면서 풀벌레를 친구로 삼고 풀로다가 양식 삼고 뿌리로다 양식 삼고 나뭇잎으로다가 옷을 삼아 살았으니. 사람 죽어서 억만사천 지옥에 갇힐 적에 큰머리 단장 곱게 하고 극락세계 연화대로 보내주는 만신의 몸주가 되게 하여주나니다.”(〈노들제 바리공주〉에서)

어리석은 부모가 품기에는 너무도 거대한 딸, 이 좁은 세상이 품기에는 너무도 눈부신 여인이 바리데기였다.

바리데기, 평강공주, 박씨 부인, 그리고 수많은 이야기 속 옛 여성들의 네 번째 공통점. 아무도 그들을 사랑하지 않았는데 오직 사랑으로 자신들의 정체성을 표현했다는 점이다. 사랑을 배우지 못한 자의 두려움 없는 사랑, 사랑을 받지 못한 자의 원한 없는 사랑이 나를 울린다. 사랑을 경험으로 배우지 못했으나 마음으로 깨친 사람들, 사랑을 물려받지 못했으나 사랑을 온 세상에 전염시키고 유전시키는 사람들의 두려움 없는 사랑으로 인해 아직 이 세상에는 희망이 있다. 당신이 만약 사랑받지 못하여 고통스럽다면 오늘, 지금부터 바리데기가 남긴 사랑의 씨앗을 마음속에 심기를. 원망과 슬픔으로 얼룩진 우리 가슴에 당장 오늘부터 뿌리내려 먼 훗날 온 세상에 울려 퍼질 사랑의 이야기가 바로《바리데기》다.

고흐가 그린 〈까마귀가 나는 밀밭〉은 마치 "이제 나는 죽지만 그것은 결코 끝이 아니다"라고 속삭이는 예술가의 유서처럼 다가온다. 그리하여 저 새들의 날갯짓은 죽음의 전령이 아니라 희망의 속삭임이기도 하다. 고흐는 내게 이렇게 속삭이는 듯하다. 나는 부활할 것이다. 당신들

의 사랑으로. 나는 다시 날아오를 것이다. 언젠가 내 예술을 이해해 줄 사람들을 위해. 고흐는 살아 있을 때 사랑받지 못했지만, 사랑받지 못한 아픔을 미움이 아닌 더 커다란 사랑으로 승화시켜 이토록 아름다운 작품을 남겼다.

그것은 버려진 자의 슬픔을 뛰어넘은 사랑, 짓밟힌 자의 복수를 뛰어넘은 사랑, 마침내 그 어떤 상황에서도 모든 존재는 사랑받을 가치가 있다는 것을 증명하는 찬란한 사랑이다. 살다 보면 그럴 때가 있다. 이 세상에 내 자리가 없을 때, 내 한 몸 편히 누일 자리가 없다고 느껴질 때, 내 가치를 알아주는 이가 아무도 없다고 느껴질 때. 그럴 때 눈부신 바리데기를 떠올리기를. 버려진 자에서 잠시 필요한 자로, 잠시 필요한 자에서 세상을 구하는 이로, 마침내 이 세상과 저 세상의 건널 수 없는 간극마저 메우는 찬란한 가교가 된 존재 바리데기를. 사랑받지 못하여 그 저주받은 이름처럼 버려졌지만 이름을 통쾌하게 배반하며 저주받은 운명을 바꿔버린 존재. 저주를 피해 더 편안하고 안락한 자리로 도망치지 않고 모든 사랑받지 못한 기억의 트라우마를 더 커다란 사랑으로 갚은 바리데기. 바리데기는 나에게 가르쳐주었다. 받지 못한 사랑 때문에 칭얼거리지 않고, 한 번도 배운 적 없는 한없는 사랑을 베푸는 존재의 아름다움을.

문학 바깥에도
문학은 있다

이소라의 음악

문학은 과연 어디에 있을까. 소설 속에? 시 속에? 혹은 작가나 독자에게? '이런 것이 바로 문학이다'라는 모든 편견을 내려놓고 바라보면 문학은 우리가 감동을 느끼는 모든 곳에 존재한다. 문학은 책이나 작품 속만이 아니라 산소나 습기처럼 세상 모든 곳에 흩어져 존재하는 것이 아닐까. 문학의 형식을 갖추지 않더라도 우리가 언어를 통해 느끼는 감동의 씨앗이 뿌리를 내린 모든 곳에 문학은 있다. 예컨대 문학이 아닌 다른 분야의 창작자 중에도 '이토록 문학적인 아티스트가 있다니!' 하는 놀라움을 불러일으키는 이들이 있다. 내게는 가수 이소라가 그렇다. 호메로스나 소포클레스나 황진이가 이소라의 음악을 들었다면, 이건 영락없는 한 편의 시로구나 하고 무릎을 치지 않았을까. 그 시대에는 음악이 곧 시고, 시가 곧 음악이었으니 말이다. 이소라의 〈바람이 분다〉를 들을 때면 가사 하나하나가 영롱한 시어가 되어 마음속에 보이지 않는 화살이 꽂히는 느낌이다.

바람이 분다 서러운 마음에 텅 빈 풍경이 불어온다
머리를 자르고 돌아오는 길에
내내 글썽이던 눈물을 쏟는다
하늘이 젖는다 어두운 거리에 찬 빗방울이 떨어진다
무리를 지으며 따라오는 비는
내게서 먼 것 같아 이미 그친 것 같아
세상은 어제와 같고 시간은 흐르고 있고
나만 혼자 이렇게 달라져 있다
바람에 흩어져 버린 허무한 내 소원들은
애타게 사라져 간다
바람이 분다 시린 향기 속에 지난 시간을 되돌린다
…
사랑은 비극이어라 그대는 내가 아니다
추억은 다르게 적힌다

나의 이별은 잘 가라는 인사도 없이 치러진다
세상은 어제와 같고 시간은 흐르고 있고
나만 혼자 이렇게 달라져 있다
내게는 천금 같았던 추억이 담겨져 있던
머리 위로 바람이 분다
눈물이 흐른다

이 곡이 흐를 때 나는 사랑 없는 세상에 영원히 혼자 버려진 듯한 느낌에 사로잡힌다. 어제까지만 해도 내 전부이던 당신이 오늘부터 아예 존재하지 않는 것처럼 참혹한 고통을 느낀다. 이렇듯 문학은 시나 소설 같은 전형적인 텍스트에만 있는 것이 아니라 우리가 떨림과 울림을 느끼는 모든 순간에 존재한다.

이소라의 음악에는 격렬하게 감정을 드러내면서도 동시에 그 감정에 전혀 휘둘리지 않을 것 같은 지독한 담담함이 공존한다. 이토록 강렬한 격정을 이토록 고요하게 표현하다니. 이소라의 음악이 내게 주는 감동은 버지니아 울프의 소설이나 실비아 플라스의 시를 읽을 때 느끼는 놀라움과 닮았다. 모두 인간이 느낄 수 있는 슬픔의 극한을 노래하면서도 동시에 그 슬픔에 굴복하지 않는 당당함을 지녔다. 왜 기쁘고 행복할 때보다는 우울하고 슬플 때 이소라의 음악을 찾게 될까. 곰곰 생각하니 내가 이소라의 음악을 좋아하는 이유는 《오이디푸스》나 《안티고네》 같은 그리스 비극을 읽는 이유와 비슷하다. 즉 내 고통보다 더 커다란 타인의 고통으로 내 슬픔을 씻어내는 카타르시스의 원리는 우리가 그리스 비극이나 셰익스피어의 희곡을 통해 느끼는 감동과 정확히 같다. 깊은 우울은 더 깊고 쓰라린 다른 우울의 힘으로 치유될 때가 있다. 그리하여 문학은 나보다 더 아프게 앓고 있는 타인의 슬픔 속으로 여행하는 일이다. 앉은자리에서 세상 모든 이의 슬픔 속을 여행하는 기적이, 문학의 세계에서는 가능하다.

타인의 슬픔 속으로 한참 여행하고 다시 내 슬픔으로 돌아올 때, 우리는 바로 그 순간 성숙한다. 타인의 고통 속에 푹 빠졌다가 나만이 돌볼 수 있는 내 고통으로 돌아올 때 문득 깨닫는다. 내 아픔은 나만의 것이 아님을. 내 아픔과 소름 끼치도록 닮은 그런 고통을 때로는 수백 년 전 이야기 속 주인공이, 때로는 생면부지의 타인이 앓고 있고, 이겨내었고, 마침내 그 아픔을 뛰어넘은 아름다운 존재가 되기도 한다는 것을. 우리는 각자 다른 곳에서 아주 비슷한 슬픔을 앓고 있다는 사실, 우리는 만나지 못해도 서로 너무 닮은 슬픔을 앓고 있다는 사실을 깨닫는 것은 분명 우울을 치유하는 힘이 된다. 당신의 우울과 나의 슬픔으로 인해 우리는 더욱 간절하게 연대한다. 슬픔은 만유인력처럼 우리를 서로에게 끌어당겨 서로의 슬픔을 쓰다듬는 본

능적 충동으로 우리를 인도하고, 이럴 때 작동하는 것이 문학적 상상력이다. 한 번도 사랑을 해본 적 없던 열네 살의 내가 퀸의 〈러브 오브 마이 라이프〉를 들으며 오래전부터 사랑해 온 사람이 있었던 것처럼 가슴이 아프다거나, 요하네스 페르메이르의 그림 속 편지를 읽는 여인들을 보며 '이건 분명 그림인데 마치 피에르 쇼데를로 드 라클로의 소설《위험한 관계》를 읽는 것처럼 은밀한 느낌이네' 생각한다. 이것이 우리 안의 문학적 상상력이다.

편지를 읽거나 쓰고 있는 페르메이르의 그림 속 여성들을 보면 몸은 집에 갇혔지만 마음만은 전 세계를 여행할 수 있을 것만 같은, 그때 그 시절 여인들의 자유를 향한 뜨거운 갈망이 느껴진다. 편지는 그녀들에게 세상을 향해 열린 단 하나의 창문이 아니었을까. 남자들처럼 자유롭게 바깥세상으로 활보할 수 없었던 여인들에게 편지는 문을 꽁꽁 닫아놓아도 집 안으로 스며드는 산들바람처럼 영혼을 간질이는 자유의 마법 같은 것이 아니었을까. 그렇다면 현대인은 과거 17세기 페르메이르의 그림 속 여성들보다 자유로울까. 그때와 비교하면 많은 자유를 쟁취했지만 아직 우리에게는 더 많은 자유가 필요하다.

누군가가 이소라의 음악이 너무 우울해서 싫다고 이야기했을 때 나도 모르게 버럭 화가 난 적이 있다. 우리에게는 우울할 권리조차 없단 말인가. 예술가가 슬픔을 표현하는 일을 금지

당할 때 나는 그 사람 곁으로 가서 그의 슬픔을 응원하고 싶다. 우리는 마음껏 슬퍼할 권리, 마음껏 아파할 권리가 있다. 특히 예술가에게 우울할 권리란 숨 쉴 권리만큼 소중하지 않은가. 물론 우리 모두에게 우울할 권리가 있지만, 우울을 통해 아름다운 예술 작품을 만들어내는 사람들은 슬픔이나 우울의 시간이 더욱 절실할 때가 있다. 양희은의 〈아침 이슬〉이 금지곡이었던 시절, "태양은 묘지 위에 붉게 떠오르고"라는 서정적인 가사가 불순하다는 이유로 금지될 수 있었던 시절. 예술가의 슬픔은 검열 대상이었으며, 그 말인즉 그런 아름다운 노래를 들을 대중의 자유마저 검열 대상이었다는 것이다. 지금은 그런 황당한 정치 검열이 사라졌지만 악성 댓글이나 블랙리스트로 여전히 예술가와 소수자들을 괴롭히는 심리적 억압 기제가 남아 있다. 우리가 예술가들의 슬퍼할 권리를 제대로 지켜주지 않으면, 우리가 마음껏 자유롭게 슬픔을 표현할 권리 또한 지켜낼 수 없다.

나는 오랫동안 평론가와 작가 사이에서 위태롭게 줄다리기를 하며 살아왔다. 이제는 무의식 깊숙이 뿌리박힌 '시나 소설을 써야 문학 하는 사람'이라는 편견에서 벗어나는 중이다. "작가님은 소설 안 쓰세요?"라는 질문을 받을 때마다 당황스럽기도 하고 고맙기도 하고 서운하기도 하다. 당황스러움은 '내가 언젠가는 소설을 쓰고 싶어 한다는 것을 어떻게 이리 쉽게 들켰나' 하는 마음 때문이고, 고마움은 '내 글을 보고 이 사람이 소설을 쓰면 좋겠다고 생각하는 마음이 내 숨은 재능에 대한 칭찬이 아닐까' 하는 설렘 때문이다. "왜 소설을 쓰지 않나"라는 질문이 여전히 서운하게 다가오는 이유는 에세이나 평론은 문학의 본령이 아니라고 생각하는 사람들의 뿌리 깊은 무의식 때문이다. 소설이나 시를 쓰지 않아도 나는 항상 문학의 길 위에 있었다.

평론이든 수필이든 우리가 언어를 통해 삶을 더 아름답게 만들려는 모든 노력은 문학의 자장 속에 있는 것이 아닐까. 내가 소설가나 시인이 아님에도 '문학 하는 사람'이라는 마음을 버리지 않은 것은 나도 소설가처럼 내 이야기의 플롯을 짜고 시인처럼 내 문장의 운율을 고르기 때문만은 아니다. 문학 하는 마음은 어떤 장르에 있는 것이 아니라 언어로 사람을 어루만진다는 믿음에서 나오기 때문이다. 당신이 아름다운 말로 누군가를 행복하게 해주었다면, 당신은 오늘 문학 하는 사람이 된 것이다. 따스한 언어로 누군가에게 깊은 위로를 받았다면, 그는 당신에게 문학이라는 선물을 듬뿍 안겨준 것이다. 문학은 어디에나 있다. 당신이 이야기의 오랜 울림을 아는 사람이라면. 당신이 아름다운 언어의 맛과 향기를 아는 사람이라면. 문학은 어디서나 당신의 마음에 기쁘게 노크할 것이다.

22

니스의 구시가를 걷고 있는데 어디선가 아름다운 기타 연주가 들렸다. 소리의 울림을 따라가 보니 두 사람이 거리 전체를 무대 삼아 아름다운 연주회를 열고 있었다. 둘의 하모니가 워낙 뛰어나서 내가 아는 원래 음악보다 훨씬 감미롭고 풍성했다. 연주 실력도 뛰어났지만 표정이 압권이었다. 지금이 인생에서 가장 멋진 시간이야, 지금 이 순간이 가장 행복한 시간이야 하고 속삭이듯 환하고 충만한 표정이라니. 내가 꿈꾸는 문학의 향기가 그들의 표정에 어려 있었다.

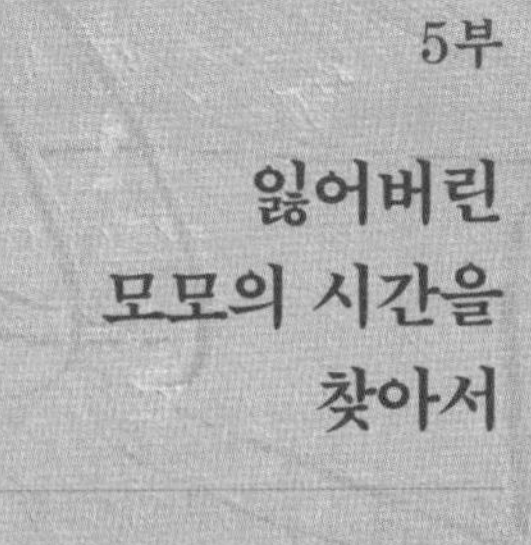

5부

잃어버린 모모의 시간을 찾아서

모모, 단 한 번뿐인 시간을 발견하는 눈

《모모》

누군가 내게 "당신이 생각하는 가장 아름다운 유토피아는 어디인가"라고 묻는다면 나는 미하엘 엔데의 《모모》에 나오는 오래된 원형경기장을 떠올릴 것이다. 지극히 평범한 마을에 혜성처럼 나타난 모모라는 소녀가 사는 그곳. 한때 원형경기장이었지만 이제 폐허나 다름없는 버려진 장소가 왜 내 마음속에는 유토피아로 각인되었을까. 샹그릴라처럼 너무 완벽해서 '그건 도저히 이룰 수 없는 꿈이야'라는 생각이 들도록 만드는 유토피아보다 '어쩌면 정말 가능하지 않을까'라는 조금은 현실적인 꿈을 꾸게 하는 곳이 모모의 원형경기장이기 때문이다. 사람들은 모모를 알 수 없는 고아 소녀라고 판단하고 누군가의 돌봄과 양육이 필요하다고 생각하지만 모모는 정말로 혼자 살 수 있다. 모든 사회적 편견을 덜어내고 나니 모모는 행복하다. 부모에게 간섭받지 않고, 학교 공부에 시달릴 필요도 없으며, '어린애가 무슨'이라거나 '여자애가 어떻게'라는 편견에 휘둘리지도 않는다. 무엇에도 의존하지 않는 모모, 그런 모모를 아무런 차별 없이 도와주는 마을 사람들. 폐허가 된 원형경기장에서 모모를 중심으로 한 새로운 우정의 커뮤니티가 탄생한다.

사람들은 모모의 허름한 거처를 깨끗이 치우고 정성껏 수리하며, 뚝딱뚝딱 책상과 의자를 만들어주고, 남는 침대와 담요를 가져다준다. 아이들은 모모를 위해 일부러 남긴 음식을 들고 찾아온다. 모두가 모모를 조금씩 돌본다. 그러나 훨씬 커다란 도움은 사람들이 모모로부터 받는 기적 같은 위로다. 모모는 세상 모든 존재의 말에 귀 기울이는 재능을 지녔기 때문이다. 그게 무슨 특별한 재능이냐고 반박할 사람도 많겠지만 '이 사람이 내 이야기를 마음을 다해 듣는구나'라는 믿음이 얼마나 많은 것을 바꾸는지, 모모와 이야기해 본 사람들은 안다. 개, 고양이, 귀뚜라미, 두꺼비, 심지어 나뭇가지와 빗방울 사이를 스쳐 지나가는 바람 소리에도 귀를 기울이는 모모. 친구들이 모두 떠나고 나서 혼자 원형경기장의 둥근 마당에 앉아 있을 때 우주가 들려주는 광대한 침묵의 소리에 귀 기울이는 모모. 그 침묵의 소리를 들으며 모모는 별들의 나라를 향해 한없이 열려 있는 거대한 귓바퀴 한가운데 앉은 듯한 느낌이다. 우주의 침묵은 모모에게 그 자체로 영롱한 음악이며, 세계가 연주하는 아름다운 침묵의 소리를 들은 밤이면, 모모는 유난히 예쁜 꿈을 꾼다.

'모모의 경청하기'는 어떤 힘을 지녔는가. 사람들은 모모에게 고민을 털어놓음으로써 자기 문제가 무엇인지 스스로 깨닫고 해결책을 생각해 낸다. 모모는 아무런 판단도 조언도 하지 않지만 온전히 귀 기울여 듣는 모모의 사려 깊음이 티 없이 맑은 호수처럼 그들의 마음을 비추어 최고의 깨달음을 당장 실천하도록 해준다. 이런 세상이 만들어지기 위해 막대한 예산이 들어가거나 엄청난 노력이 필요한 것은 아니었다. 모모는 단지 사람들의 말을 놀라운 집중력으로 들어주기만 했고, 사람들은 모모와 함께 있는 시간 속에서 온갖 시름을 잊었을 뿐이다. 그들은 모모를 통해 인생을 사랑하는 법을 다시 처음부터 배운다. 아무도 모모를 위해 일부러 돈을 쓰지 않고, 다만 가진 것을 조금씩 나누었는데 이토록 아름답고 풍요로운 세상이 만들어졌다. 어쩌면 유토피아를 위해 우리가 지불해야 할 대가는 막대한 예산이나 과도한 노력이 아니라 모모처럼 타인의 이야기를 마음을 다해 들어주는 따스한 마음이 전부가 아닐까.

모모가 마을에 가져온 변화는 실로 놀라웠다. 모모는 침묵의 소리를 들을 줄 안다. 모모는 어떤 이야기라도 귀 기울여 들을 줄 안다. 모모는 시간의 향기를 맡을 줄 안다. 모모는 아무렇지 않은 시간을 찬란하고 눈부신 시간으로 바꾼다. 모모와 함께하는 시간 속에서 사람들은 결코 분초를 다투지 않는다. 지금이 몇 시인지 앞으로 남은 시간이 얼마인지 중요하지 않은 세계. 지금 이 순간의 아름다움에 마음껏 도취해도 아무런 후회나 슬픔이 느껴지지 않는 시간. 그런 시간 속에서 사람들은 처음으로 완전한 평온을 경험한다. 이들의 평화를 위협하는 적은 '시간은행'을 관리하는 회색 신사들이다. 회색 신사들은 시간을 칼같이 나눈다. 쓸모 있는 시간과 쓸모없는 시간으로. 회색 신사들은 시간을 잔인하게 토막 내어 그 내장과 지느러미를 쓰레기통에 처박아 버린다. 하지만 시간의 내장과 지느러미, 버려지는 그 부분들이야말로 시간의 정수 아니었을까.

그저 모모와 함께라면 아무것도 버릴 게 없는 완벽한 시간이라고 믿던 사람들이 "시간을 저축해 주겠다"는 회색 신사의 꾐에 빠져 자신들의 시간을 유용한 시간과 무용한 시간으로 철저히 분리한다. 달콤한 몽상에 잠길 시간이 없다면. 모모처럼 사랑스러운 친구와 푸짐한 수다를 떨 시간이 없다면 그들의 '쓸모 있는 시간'이란 오직 '돈을 버는 시간'일 뿐이다. 자본가가 노동자를 착취하는 것만큼이나 자신을 착취하는 자기 모습을 아무렇지 않게 여기는 우리 현대인의 무감각이 무섭다. 최고의 효율과 스펙으로 중무장한 완벽한 생산성을 지닌 신체로 변신하기 위해 자기를 '관리'하는 현대인은 이미 회색 신사의 유혹에 빠진 것이다. 쉬는 시간을 아까워하고 잠깐의 휴가 기간에도 혹시 자리를 빼앗길까 불안해하는 현대인은 회색 신사의 불길한 마법에 사로잡힌 셈이다.

회색 신사의 시간이 크로노스의 시간이라면, 모모의 시간은 카이로스의 시간이다. 회색 신사의 시간은 크로노스Kronos의 시간, 즉 수학적으로 계산되는 객관적 시간이다. 시간당으로 환산이 가능한 시간, 돈으로 환산할 뿐 아니라 얼마든지 돈으로 교환할 수 있는 시간이 회색 신사들의 시간이다. 카이로스Kairos의 시간은 주관적인 시간이다. 한 시간이 100년처럼 알찰 수 있고, 100년이 한 시간처럼 빨리 지나가 버릴 수도 있다. 시계와 화폐로 계산되는 크로노스의 시간에 휘둘리지 않고 우리 마음에 따라 얼마든지 빛깔과 향기를 바꿀 수 있는 카이로스의 시간을 아이들의 장난감처럼 마음대로 주무를 때 우리는 비로소 시간의 주인이 된다. 크로노스의 시간은 세속적인 관점에서 효율적이지만, 카이로스의 시간은 오직 나에게 의미 있는 시간이다. 남들에게는 흘려보내는 것처럼 보일지라도 그 안에서 내가 완전히 행복하다면 향기로운 카이로스의 시간이다.

그리하여 카이로스의 시간은 시간을 두려워하지 않는 자에게만 내리는 축복 같은 것, 삶을 사랑하는 자에게만 주어지는 선물 같은 시간이다. 시간이 돈이기 때문에 소중한 것이 아니라 우리가 삶을 사랑하기 때문에 모든 시간이 소중해진다. 카이로스의 시간은 찰나의 순간조차 영원한 기억으로 물들일 수 있는 내면의 시간이다. 그것이 모모의 시간이다. 우리는 시간의 천사 모모를 외롭게 혼자 두어서는 안 된다. 모모는 카이로스의 시간을 선사하는 화신이다. 정신 나간 아이들처럼 신나게 모모와 놀고, 마음의 '쉴드' 따위 치지 않는 순박한 어른들처럼 모모에게 모든 이야기를 털어놓을 수 있어야 한다. 넌 날 이해하지 못할 거라고 마음의 장벽을 치는 순간 우리는 모모와 함께할 아름다운 기회를 놓쳐버린다.

시간을 저축해 주겠다며 접근하는 회색 신사의 유혹에 굴복하지 않는 모모는 시간의 쭉정이를 남겨두지 않는다. 모모는 시간을 완전 연소시킨다. 모든 순간이 찬란한 의미로 넘쳐흐르기에, 한순간도 쓸모없지 않기에. 이 세상 모든 것의 소리에 귀 기울이는 모모는 무엇도 '쓸데없는 것'으로 바라보지 않기에 그 모든 존재에 깃든 찰나의 아름다움을 온전히 들이마신다. 모모의 시간은 어떤 시간의 의미도 놓치지 않은 채 남김없이 불태워짐으로써 오히려 아름다워진다. 모모에게는 프랭클린 플래너가 필요 없다. 모모에게는 구글 스케줄러도 필요 없다. 시간표를 짜지 않아도 그 시간의 향기를 온전히 들이마실 수 있기 때문이다. 모모는 좌중의 관심을 혼자서 독점하려 들지 않는다. 시간의 주인공이 되려 하지 않고 시간 자체를 주인공으로 만든다. 그곳에 함께하는 어느 누구도 소외되지 않도록. 누구도 난 덜 중요한 사람이구나 하는 서늘한 느낌에 사로잡히지 않도록. 오늘도 모모가 자기 삶이라는 소중한 장작을 태워 피워 올리는 시간의 모닥불 앞에서, 아무도 외롭지 않게, 아무도 구석에 홀로 웅크려 있지 않게, 서로의 시시콜콜한 이야기를 지상에서 가장 아름다운 음악 소리로 들을 수 있기를. 모모가 불태우는 시간의 모닥불 곁에 있으면 우리 모두가 함께 따사로워진다.

한 아이는 한없이 떠들고, 한 아이는 한없이 들어준다. 한없이 들어주는 아이가 있기에 한없이 떠드는 아이는 천진무구한 기쁨을 느낀다. 한없이 들어주는 아이는 사진 찍는 길 위의 여행자에게 손을 흔들어주는 여유로움마저 지녔다. 가만히 들어주는 사람의 반짝이는 눈빛만으로도 우리 삶은 참으로 살 만한 것을. 저 아이처럼, 모모처럼 누군가의 기나긴 이야기를 하염없이 들어주는 사람이 되고 싶다.

읽기와 쓰기,
허무와의 한판 대결

《사랑의 역사》

아주 오랜 시간이 흘러도 어제 일처럼 생생하게 다가오는 장면이 있다. 피터르 얀선스 엘링가의 〈책 읽는 여인〉이 그렇다. 무려 370년 전 작품인데도 마치 손에 잡힐 듯 생생하게 모든 존재가 살아 움직이는 듯하다. 아무렇게나 벗어 던진 신발을 뒤로하고 책 읽기에 집중하는 여성의 '홀로 있음'이 그림을 더욱 빛낸다. 그림 속 여인은 비록 지금 홀로 있지만 마치 온 세상과 함께하는 듯한 기쁨을 주는 경이로운 사물, 그것이 바로 책이기에. 창문으로 밀려드는 햇살은 바깥세상의 모든 아름다움을 고스란히 전달해주는 듯하다. 전깃불이 없던 시절 저 햇살은 책을 제대로 읽을 최고의 기회로 다가왔을 것이다. 책 속으로 빨려 들어갈 것 같은 여인의 자세는 굳이 앞모습을 확인하지 않아도 그 표정을 능히 짐작하게 한다.

그림 속 여인은 무거운 신발이 상징하는 사회적 책임을 잊고, 책이라는 무한한 상상의 나래를 펼치고, 저 찬란한 햇빛이 가득한 세상으로 날아가는 것처럼 보인다. 그림 속 자그마한 책은 이 여인에게 갑갑한 일상의 의무로부터 탈출할 유일한 비상구가 아니었을까. 어쩌면 이 그림을 보고 이토록 열광하는 나는 작은 작품 하나에 지나치게 감정이입을 하는지도 모른다. 하지만 과도한 감정이입이야말로 내가 읽은 모든 이야기가 가르쳐준 아름다운 생존 기술이다. 흥미진진한 이야기에 빠져들수록 나는 영혼의 빈곤을 벗어났다. 이야기에 깊이 몰입할수록 나는 일상의 수많은 고통을 잊었다. 독서, 그것은 현실도피가 아니라 마침내 더 커다란 현실과의 만남이었다. 좋은 책은 다시 현실의 바다로 헤엄쳐 나갈 용기를 주는 눈부신 구명보트이기도 했다.

아름다운 이야기를 만들어내는 작가들의 삶은 어떨까. 작가들의 삶은 허무와의 끝나지 않는 전투다. 작가의 공포는 이것이다. 혹시 모든 노력이 완전히 수포가 되면 어쩌나. 피땀 흘려 쓴 작품을 아무도 읽지 않는다면. 누군가 읽더라도 아무런 감동도 전해지지 못한다면. 내 작품이 그저 나 자신을 위로하는 데서 끝나버린다면. 작가는 매번 공포와 싸우며 글을 쓴다. 글쓰기는 적극적인 투쟁이면서 안타까운 기다림이다. 글쓰기는 문장 하나하나가 피워내는 의미가 언젠가 누군가에게 반드시 전달되기를 기다리는 몸짓이다. 누군가에게 언젠가 반드시 가닿을 사랑의 온기를 전하기 위해. 내가 쓰는 글이 아니면 결코 누구에게도 알려지지 못할 한 사람의 이야기를 써내는 것. 글로 쓰지 않으면 사라질 그 누군가의 삶을 햇빛 찬란한 세상 속으로 내보내는 것. 내 글이 아무에게도 인정받지 못할 수도 있다는 두려움과 평생 싸우는 것. 내 모든 노력을 하찮게 볼지 모르는 세상과의 한판 대결. 그것이 글쓰기다.

니콜 크라우스의 소설《사랑의 역사》는 내 글이 아무에게도 전달되지 못할 것 같은 두려움과 평생 싸운 한 사람의 이야기다. 글쓰기에 뛰어난 재능을 지닌 레오는 나치의 유대인 학살을 피해 고향에서 도망치면서 평생의 사랑을 약속한 앨마와 멀어진다. 가족이 모두 학살당하고 홀로 살아남은 레오는 너는 꼭 글을 써야만 한다고 용기를 준 첫사랑 앨마와의 약속을 생의 유일한 버팀목으로 삼는다. 앨마가 자신의 소설을 읽어줄 그날을 기다리며 그는 미국에서 가난한 열쇠공의 삶을 계속한다. 하지만 앨마는 기다림의 고통을 버텨내지 못하고 다른 사람과 결혼했으며 앨마와 레오 사이에서 태어난 아들 아이작은 레오가 아버지라는 사실을 모른 채 훌륭한 작가로 성장한다. 그리하여 레오는 자신의 첫사랑 앨마에 대한 이야기《사랑의 역사》를 정성껏 집필하여 절친한 즈비에게 맡기고, 그가 작품을 온전히 지켜줄 거라 믿는다. 즈비 또한 앨마를 미친 듯이 사랑했다. 하지만 남은 것은 훌륭한 글쓰기 재능을 지닌 친구 레오의 원고, 그리고 자신을 전혀 사랑하지 않는 앨마에 대한 기약 없는 그리움뿐이었다. 질투에 사로잡힌 즈비는 마침내 레오가 이디시어로 쓴 원고를 마치 자신이 쓴 것처럼 스페인어로 출간하고는 죄책감에 시달리다 죽고 만다.

그렇다면 레오가 젊음을 바쳐 온몸으로 써낸 이 원고는 친구 즈비의 원고로 유통될까. 레오는 영원히 글을 빼앗긴 걸까. 자기 작품이 스페인어로 출간된 사실 자체를 모르는 레오는 즈비와 연락이 끊기자 세상에 하나뿐인 자신의 책이 영원히 사라진 줄만 알았다. 그런데 브루클린에 사는 열네 살 소녀 앨마의 어머니, 샬롯이《사랑의 역사》를 영어로 번역하고 있었다. 이 작품은 유대인의 언어 이디시어로, 그것도 종이 위에 펜으로 써내려간 육필 원고가 사라진 뒤 온갖 우여곡절을 거쳐 영어로 번역되어 원저자 레오에게 다시 돌아오는 이야기이기도 하다. 즈비가 스페인어로 번역하여 자기 이름으로 출간한《사랑의 역사》는 꿈 많은 청년 다비드의 손에 들어가고, 다비드는 그 책에 커다란 감동을 받아 딸의 이름을 앨마로 지었다. 이후 다비드가 암 투병 중 사망한 뒤 실의에 빠진 아내 샬롯에게 뜻밖의 편지가 날아든다. 《사랑의 역사》를 영어로 번역해 달라는 한 작가의 부탁이 담긴 편지였다. 남편의 죽음 이후 삶의 의미를 상실했던 샬롯은 남편이 가장 사랑한 소설을 번역하며 비로소 잃어버린 생의 활기를 되찾는다. 그리고 마침내 번역을 의뢰한 사람이 밝혀지면서 이 작품은 원작자 레오의 손에 돌아오게 된다. 첫사랑 앨마는 죽었지만 똑같은 이름을 가진 어린 소녀 앨마가 레오의 상처로 가득한 삶에 따사로운 온기를 전해준다. 작가의 삶에 가장 찬란한 빛을 전달해 주는 사람은 바로 독자다. 다비드와 앨마, 샬롯, 그리고 서점 주인에 이르기까지 모든 아름다운 독자가 《사랑의 역사》라는 희귀한 책의 소중한 독자가 됨으로써 마침내 작가 레오의 공허한 삶을 구원한다.

레오는 또 다른 앨마를 만나고 예기치 못한 감동에 가슴이 저며온다. 가슴 아픈 첫사랑의 기억을 글로 표현했을 뿐인데 차마 너는 내 아이라고 말하지 못한 한 맺힌 침묵까지 아들 아이작에게 전달되었다. 번역을 의뢰한 작가가 알고 보니 레오의 아들 아이작이었다. 말하지 못한 사랑까지 끝내 전달되다니. 기나긴 침묵의 숨결조차 올올이 빠짐없이 전달되다니. 한 번도 제대로 표현하지 못한 못다 한 사랑마저 전달되다니. 그토록 침묵하려 했건만 모든 것이 정확하게 전달되었다는 사실이 놀랍다. 자식에 대한 사랑을 제대로 묘사한 적이 없건만 아버지가 누군지도 모른 채 자라난 아이작이 아버지의 사랑을 이해하며 죽었다는 사실이 놀랍다. 이렇게 정확한 수신자에게 제대로 전달될 이야기를 위해 작가들은 오늘도 변함없이 분투한다. 간절한 믿음으로. 우리의 기다림이 헛되지 않음을 믿으며.

이 작품에는 '책'을 통해서만 만날 수 있는 아름다운 인연들이 총출동한다. 출판될 희망조차 없이 온 힘을 다해 자신의 사랑 이야기를 쓴 작가 레오. 스페인어로 출간된 책을 소중히 읽고 그 진가를 발견할 사람이 반드시 있으리라 믿으며 먼지가 쌓인 채 폐지로 버려질 뻔한 책을 소중히 진열한 서점 주인. 전혀 유명하지 않은 작품《사랑의 역사》를 남미 배낭여행 중 한 서점에서 발견해 아내에게 선물한 다비드. 이 책을 영어로 번역하여 마침내 원래의 저자가 읽도록 만든 훌륭한 번역가 샬롯. 소설 속 인물이자 실재하는 인물 앨마를 너무 사랑한 나머지 딸의 이름을 앨마라고 지은, 너무 일찍 세상을 떠난 아버지의 소원은 마침내 이루어진다. 아버지와 어머니가 스페인어로 읽은《사랑의 역사》는 영어로 번역되어 사랑하는 딸 앨마에게, 그리고 레오에게 마침내 전달되었다.

독자와 작가가 만나 이루는 가장 아름다운 사랑의 기적, 그것이 '읽기와 쓰기'라는 이토록 단순한 몸짓에 깃들어 있다. 그리하여 내 간절함이 타인에게 전달되지 못할까 두려워하지 말자. 당신의 간절함은 끝내 전해질 것이다. 우리의 사랑은 두려움보다 강하기에. 더욱 아름답고, 더욱 열정적으로 당신의 메시지를 가다듬는 언어의 손길이 있다면. 여전히 읽고 씀으로써 자기 생각을 전달하고 소통하는 우리 인간의 목마름이 있는 한, 이야기의 역사는, 사랑의 역사는 끝나지 않는다. 끝없이 읽기와 포기하지 않고 쓰기, 이것은 인류의 멈추지 않는 생존 기술이기에.

파리 카르나발레 역사박물관에는 아벨라르와 엘로이즈의 두상이 자리하고 있다. 영원히 묻힐 뻔한 그들의 비극적이고도 애틋한 사랑이 문학이라는 울타리 안에 들어옴으로써 비로소 기념비적인 낭만적 사랑으로 기록되었다. 어떤 중요한 사건도 망각의 늪에 빠지지 않도록, 우리가 느끼는 모든 소중한 감정과 이야기를 기록하는 것. 그것이야말로 문학의 책무다.

아름다운 방백,
그때 하지 못한 고백

〈**작은마음동호회**〉

이곳에서는 마음껏 소리쳐 말할 수 있다. 그때 당신에게 차마 들려주지 못한 말들을. 꼭꼭 숨겨놓은 마음을 고백하지 못한 모든 순간, 소리 내어 절규하지 못한 그 모든 분노와 절망의 목소리가 문학작품 속에서는 더욱 생생하게 들린다. 우리가 영혼의 청진기를 대고 한 사람 한 사람의 마음속 이야기들을 들어주지 않으면 영원히 사라져버릴지도 모르는 모든 억압된 이야기가 문학작품 속에서는 당당히 살아 숨 쉰다. 타인의 시선 때문에, 나 자신의 검열 때문에, 때로는 그저 침묵이 습관이 되어 누구에게도 말하지 못한 그 모든 아픔이야말로 문학작품의 가장 소중한 테마다.

윤이형의 단편소설 〈작은마음동호회〉는 차마 일상에서는 표현하지 못한 마음속에 담아놓은 수많은 사연을 가진 엄마들의 이야기다. 그들이 모여 함께 만들어내는 첫 책을 통해 마음속에 갇힌 아픔을 해방시켜 주는 이야기이기도 하다. 〈작은마음동호회〉의 주인공은 자신들을 "혼자 노래방에 가서 두 시간 동안 악을 쓰고, 아이를 때리지 않으려고 부엌 휴지통을 찌그러뜨리고, 신경정신과 상담 예약을 했다가 취소하고, 증명할 수 없는 무언가를 증명하기 위해 일기를 쓰고 과일청을 만들다가 시계를 보고 쫓기듯 자러 가는 사람들, 방안에서만 서성거리는 사랑스러운 지식인들"이라고 묘사한다. 누구에게도 말하지 못하는 사연을 가진 사람들은 모두 '바이링궐bilingual', 즉 이중 언어 구사자가 아닐까.

> 우리는 바이링궐이다. 우리의 말들은 반쯤은 자신의
> 것이지만 반쯤은 우리를 괴롭히는 사람들의 것이다.
> 우리는 종종 싸우려다 싸울 대상을 변호하며 주저앉는다.
> 그러고 나서는 성나고 괴로운 마음이 되어, 자신을 때려
> 기어이 피를 내곤 한다. 아무리 싫어도 우리 입에선
> 자꾸만 '아줌마'라는 말이 흘러나온다. 우리가 우리 자신을
> 비하하는 그 말이.

'작은마음동호회' 회원들은 겉으로는 아주 소박하고 은밀하며 내성적으로 소통하지만 속으로는 아주 커다랗고 풍요롭고 화려한 우주적 언어를 품은 사람들이며, 알고 보면 너무 거대하고 광활해 측정할 수조차 없는 마음을 지닌 사람들이다. 이제 아이나 남편이나 시어머니를 위해서가 아니라 처음으로 나 자신을 위해 글을 쓰기 시작한 엄마들의 눈빛은 누구도 말릴 수 없는 열정으로 불타오른다. 문학은 이 바이링궐의 언어, 갑갑한 이중 언어의 감옥을 부수고 스스로 해방의 언어를 구축하는 전사들의 몫이다.

'바이링궐'이라는 단어는 본래 '두 언어를 모두 구사할 수 있는'이라는 긍정적인 의미로 쓰이지만, 지배자의 언어와 피지배자의 언어를 동시에 구사하는 소수자야말로 또 다른 바이링궐이 아닐까. 겉으로는 스스로 '아줌마'라고 비하하지만 마음속에서는 세상 모든 쓸쓸한 주부들의 슬픔을 이해하고 감싸줄 준비가 된 사람들, 스스로를 '아싸(아웃사이더)'라고 폄하하면서 사실은 세상 모든 주변인의 아픔에 공감할 준비가 된 사람들, 온갖 저항의 언어를 마음속에 잔뜩 쌓아놓고도 차마 우리를 괴롭히는 그들 앞에서는 아무 일 없는 듯 '정상적인 언어'를 구사하는 우리 모두가 바이링궐이 아닐까. 문학은 이렇게 마음속에 저항의 언어를 쌓아두고 살아가는 사람들에게 더 이상 이중 언어로 자신을 은폐하지 않아도 된다고, 이제 침묵을 끝장내자고 속삭이는, 내성적인 사람들의 가장 매혹적인 친구다.

문학은 운명적으로 이중 언어와 복화술을 구사한다. 사회화되고 표준화된 언어로는 결코 표현하지 못하는 감정, 아무리 민주적인 사회에서도 어딘가는 반드시 억압되어 있는 인간의 욕망, 가장 평등해 보이는 관계에서도 필연적으로 발생하는 내밀한 권력관계를 표현하는 언어는 절대 단순할 수가 없다. 그리하여 무조건 쉽고 빠르게 잘 읽히는 글을 쓰라는 대중화의 주문은 문학의 입장에서는 가혹한 폭력일 수 있다. 여러 번 곱씹으며 소중하게 다루어야 할 언어, 어딘가 기이하게 뒤틀리고, 하도 여러 번 구겨지고 짓밟혀 본래 모습을 찾기 힘든 뼈아픈 언어야말로 억압의 흔적을 온몸에 문신처럼 새긴 문학의 언어다.

〈작은마음동호회〉의 엄마들은 '과연 내 생각을 책으로 표현할 수 있을까, 누가 내 글을 읽어줄까'라는 두려움을 뛰어넘어 한 권의 아름다운 책을 만들고, 마침내 그토록 간절히 꿈꾸던 촛불집회에 나가게 된다. 서로 닮은 아픔을 공유한 여성들, 엄마라는 이유만으로 24시간 아무런 대가 없는 그림자 노동의 시스템을 벗어나지 못하는 여성들이 추운 겨울날 핫팩을 서로 주고받으며 마음껏 '혼자이면서도 동시에 함께인 시간'을 실현하는 것. 자기 안의 억눌린 목소리를 표현하는 힘을 발견하는 것. 자기 안에 이미 오래전부터 살아 숨 쉬고 있던 창조적 재능을 끌어내는 것이야말로 문학의 힘이다.

오드리 로드는 《시스터 아웃사이더》에서 말한다. 주인이 가진 도구로는 절대 주인의 집을 무너뜨릴 수 없다고. 주인의 도구로 싸우고 주인이 지배하는 게임의 법칙 안에서만 싸운다면 절대 진정한 변화를 이루어낼 수 없다고. 그렇다면 주인의 도구가 아닌 새로운 언어란 무엇일까. 통제하고 지배하는 다수자의 정상적인 언어가 아닌, 스스로 해방된 소수자의 비정상적인 언어, 이방인의 언어로 자유와 평등을 외치는, 아니 글을 쓰는 그 순간부터 이미 자유와 평등이 시작되는 글쓰기다. 여성이며, 흑인이며, 레즈비언인 오드리 로드는 최소한 삼중의 억압 속에서 분투해야 했다. 이런 이중 삼중의 억압을 뚫고, 태어날 때부터 천 갈래 만 갈래로 찢어져 있던 자기 세계를 이어 붙여 마침내 오롯한 자기만의 세계를 만드는 이들이 남과 여로, 백인과 유색인으로, 정상인과 비정상인으로 갈라진 이 세계를 기적처럼 횡단하는 문학의 전사들이다.

오드리 로드는 선언한다. "단 한 명의 유색 여성이라도 속박 아래 있다면 저는 자유롭지 못합니다." 단 한 명의 사람이라도 자유롭지 못하다면 우리는 여전히 속박된 것임을 깨닫는 것. 내 자유는 내가 공감하는 모든 이의 자유가 되어야 한다는 것을 깨닫는 순간 문학의 언어는 향기로운 폭탄이 되어 억압의 사슬을 끊어낸다.

장은진의 단편소설 〈외진 곳〉에서는 다단계 사기 피해를 입은 두 자매가 버스조차 다니지 않는 외진 곳으로 밀려온다. 집 한 채를 방 아홉 개로 나누어 쓰는 벌집 같은 협소한 공간 '네모집'에서 그들은 언제든 출발신호가 울리면 미친 듯이 달려나갈 준비가 된 육상선수처럼 엉거주춤한 자세로 언제든 떠날 준비를 한 채 살아간다. 이곳을 떠나는 것이 유일한 희망인 사람들은 서로를 걱정하거나 신경 쓰지 않는 것이 오히려 배려라고 합의라도 한 듯 애써 서로에게 관심을 주려 하지 않지만, 주인공은 어느 추운 크리스마스이브, 이 네모집의 아홉 개 방에 전부 빛이 밝혀진 것을 보고 왠지 모를 안도감을 느낀다. 방 아홉 개가 마치 아홉 개의 커다랗고 환한 전구처럼 그들에게도 어김없이 찾아온 크리스마스 전날 밤을 따스하게 밝혀준다. 빛은 대도시의 대낮처럼 환한 '중심'만이 아니라 이토록 외진 곳, '네모집'에도 존재한다. '외진 곳'은 언뜻 누구도 서로에게 말을 건네지 않는 침묵의 공간처럼 보였지만 마음의 촛불만이 밝힐 수 있는 따스한 이웃의 속삭임이 존재하는 공간이었다.

내가 견뎌야 할 일상이 절대 끝나지 않는 기나긴 터널처럼 느껴질 때, 나는 쓰지 않으면 견딜 수 없고, 읽지 않으면 버틸 수 없는 나를 발견한다. 쓰지 않으면 견딜 수 없는 시간, 읽지 않으면 견딜 수 없는 시간을 통해 나는 조금씩 더 나은 존재가 된다. 읽고 쓰고 쓰고 또 읽음으로써 우리는 매번 더 나은 존재가 되어간다는 믿음이 나를 떠민다. 지금 내게 다가오는 고통을 저번보다는 더 낫게 견뎌내는 사람, 첫 번째 화살에는 어쩔 수 없이 맞았지만 두 번째 화살, 세 번째 화살은 피할 수 있는 내면의 힘을 가진 사람이 되고 싶다.

마음속에 영원히 꺼내지 못할 비밀을 쌓아놓고 사는 모든 사람이 바이링궐이다. 그렇게 안으로만 삼킨 말들이 거대한 화산을 이루어 마침내 마그마처럼 폭발할 때까지. 우리는 부디 침묵하지 말고, 결코 포기하지 말고 우리 안의 슬픔과 분노와 희망을 '문학'이라는 아름다운 타임캡슐에 담아 이 세상을 향해 힘차게 내보낼 수 있기를.

파리 총파업 당시 한 화가가 집회 현장을 그리고 있다. 문학이 있어야 할 가장 아름다운 자리
도 바로 '한판 싸움이 벌어지고 있는 거리 위'가 아닐까. 모두가 지나다니는 거리에서 사람들

의 아픔과 함께하는 것이야말로 문학의 아름다운 존재 이유다. 타인의 고통을 함께 아파하는 연대와 공감이 있는 자리에 비로소 문학이 있다.

삶을 바꾸는
낭독의 기쁨

《아홉번째 파도》

인생의 어떤 시기마다 가장 친한 친구는 조금씩 달라진다. 나는 요새 친구들을 거의 못 만나고 '오디오북'이라는 새로운 친구와 사랑에 빠졌다. 육아와 직장 일로 바쁜 친구들과 시간 맞추기가 점점 어려워지는 요즘 나는 '약속하지 않아도 늘 만날 수 있는 친구'의 매력에 푹 젖었다. 얼굴 보기도 힘든 내 소중한 친구들을 몹시 사랑하지만 현재 가장 친한 벗은 오디오북이다. 눈 뜨자마자 오디오북을 켜고, 세수할 때나 지하철을 탈 때나 자투리 시간에도, 잠들기 직전까지 오디오북을 들으며 하루를 마감하니, 오디오북은 세상 누구보다 친밀한 벗이 되어버렸다. 종이책만 읽을 때보다 독서량이 두 배로 늘었고, 타인의 목소리로 아름다운 문학작품을 들으니 마음의 불안을 달래주는 효과도 크다. 타인의 낭독을 듣는 것만큼 나의 목소리로 낭독하는 시간도 늘어간다. 〈월간 정여울〉이라는 글쓰기 팟캐스트를 진행하면서 청취자에게 책을 낭독해 주고, 〈이다혜의 영화관, 정여울의 도서관〉이라는 라디오 프로그램을 진행하면서도 낭독의 기쁨을 느낀다. 묵독은 독서의 시각적 효과를 최대화하지만, 낭독은 독서의 청각적 효과는 물론 오감을 자극한다. 낭독자의 목소리, 그날 그 장소의 독특한 분위기, 책과 함께하는 커피의 향기와 맛, 책장을 넘기는 질감까지. 낭독은 독서가 오감의 축제임을 환기하는 최고의 촉매다.

낭독은 혼자 있을 때도 얼마든지 아름다운 축제가 가능함을 일깨워 준다. 낭독은 문학작품이 지닌 고유의 향기를 천 곱절로 부풀려 주기 때문이다. 얼마 전엔 최은미의 소설《아홉번째 파도》를 소리 내어 읽다가 눈시울이 뜨거워졌다. 이미 세 번이나 묵독으로 읽은 소설인데 낭독으로 다시 읽으니 감동이 수백 배로 부풀어 오르는 느낌이었다.

지방 도시의 공익근무요원인 서상화는 주민들의 위생 관리를 위해 정화조를 시찰하는데, 몸에 밴 정화조 냄새를 들킬까 싶어 차마 송인화 곁에 다가가지 못한다. 사랑하는 여인을 바라만 보는 남자의 모습을 작가는 이렇게 묘사한다. 노인들에게 심한 말을 듣거나 터무니없는 민원 전화를 받았을 때 송인화의 모습에서는 어딘가 꼭 표가 났다고. 아무도 알아채지 못하는 송인화의 그 상처받은 마음의 '표'를 서상화는 발견할 수 있었다. 더없이 사랑스러운 눈길로 바라보는 자에게만 주어지는 은밀한 관찰과 발견의 기쁨. 업무 이야기를 할 때마다 차갑게 빛나는 눈, 갈라진 머리끝, 그런 머리를 아무렇게나 묶은 모습까지, 서상화의 눈에는 어여쁘기만 하다. 코에 낀 피지도, 그 피지가 드러내는 콧방울의 선도, 서상화는 그저 좋기만 하다. 사랑하는 이의 아주 사소한 디테일, 심지어 코에 낀 피지조차 아름다워 보이는 그 설렘의 기적을 낭독은 더욱 생생하게 부풀린다.

아무리 손을 씻어도 가시지 않는 정화조 냄새에 괴로워하며 사랑하는 이에게 다가가지 못하는 청년의 마음이 슬프도록 아름답다. 매우 복잡하고 거대한 스케일을 지닌 장편이지만, 이 짧은 대목은 한 사람이 한 사람을 사랑하는 마음이 얼마나 영롱하고 찬란하게 빛날 수 있는지 온몸으로 느끼게 한다. 소리 내어 읽어보면 천진무구한 청년의 마음에서 곧 우리가 오래전 잃어버린 첫사랑의 설렘을 느낄 수 있다. 이것이 문학작품을 통해 우리가 잃어버린 시간을 되찾는 일상 속의 작은 기적이다. 이런 순간은 오랫동안 가슴에 남아 먼 훗날 인생에서 길을 잃고 헤맬 때, 마음속에서 영원히 꺼지지 않는 따스한 촛불이 되어줄 것이다. 아름다운 작품을 소리까지 내어 읽는다는 것은 마음속에 꺼지지 않는 촛불 하나를 켜놓는 일이다.

낭독과 함께하는 독서 모임은 우울과 불안을 다스리는 훌륭한 치유제이기도 하다. 문학평론가 황광수 선생이 2021년 작고하시기 전까지 나는 선생님과 몇 년째 둘만의 독서 모임을 진행하고 있었다. 우리는 매달 한 권의 책을 읽고, 서로 좋아하는 대목을 소리 내어 읽어주고, 자신의 느낌을 적은 발제문을 낭독하기도 한다. "여긴 네가 읽어봐라." "이 대목은 선생님이 읽어주세요!" 서로 낭독을 부추기면서 그 작품이 우리에게 주는 수많은 영감을 교환한다. 선생님은 영어나 독일어 원서를 시중에 나온 번역본보다 훨씬 더 훌륭하게 번역해 오시기도 하고, 자신만의 생각을 정리해 정돈된 발제문으로 써 오신다. 나는 책 읽는 데만 급급해 그저 선생님을 볼 수 있다는 기쁨으로 해맑게 웃으며 모임에 참석한다. 마지막 모임에서는 미하엘 엔데의 《끝없는 이야기》를 서로 낭독하면서 행복한 시간을 보냈다. 그것이 마지막인지도 모른 채. 세미나가 끝나고 나는 이런 이야기를 했다. 끊임없이 읽고 쓰는 삶은 나를 분명히 바꾸어놓았다고.

"요새 제 마음속에 어수선함, 뒤숭숭함이 사라지고 있어요. 아침에 꿈을 잔뜩 꾸고 일어나면 마음속이 거대한 실타래처럼 얽혀서 우울해지곤 했거든요. 이제 그런 느낌이 사라져 가요. 제 안의 무언가에 대한 집착을 버렸나 봐요. 끈질긴 집착이 떠나간 자리에서 새로운 사랑을 위한 마음의 여백이 자라나는 느낌이에요. 요새는 문학을 향한 첫사랑을 다시 찾은 느낌이거든요. 《호밀밭의 파수꾼》이 그렇게 감동적인 줄 몰랐는데 지금 읽으니 가슴이 벅차오르면서 완전히 내 이야기 같아요. 《잃어버린 시간을 찾아서》를 읽으면서 예전엔 너무 길고 장황하다며 투덜거렸는데 지금은 눈물을 펑펑 흘려요."

선생님은 나를 바라보면서 빙그레 미소를 지으셨다.

"그래, 그 뒤숭숭함을 떨쳐내기가 정말 어렵지. 네 글에서도 그게 보여. 네가 잘 헤쳐나가고 있는 것이 내 눈엔 보인다."

이렇듯 낭독은 친구와 우정을 더욱 돈독히 하고, 내가 누군가에게 완벽히 이해받을 수 있다는 느낌에 가슴이 사무치게 만든다.

아카데미 시상식 4관왕을 석권한 〈라이프 오브 파이〉(2013)의 원작자 얀 마텔은 《각하, 문학을 읽으십시오》에서 오디오북을 예찬한다. 여행하는 길에 듣기 위해 오디오북을 몇 권 샀지만 북부의 웅장한 풍경 속을 장시간 운전해 가야 하는 상황에서는 거북할 것만 같았다고. 3분 정도 되는 팝송이라면 얼마든지 견디겠지만, 24시간 끝없이 계속되는 오디오북의 이야기를 듣는 일은 분명 괴로울 것이라고 짐작했다. 그러나 오디오북을 듣는 시간은 너무 달콤해서 중독성이 있었다고. 이제 오디오북 없이는 못 살 것 같다고. 이 대목을 읽으며 나는 반가움에 키득키득 웃었다. 오디오북의 끝없는 속삭임, 그 '집요하게 속닥이는 목소리'가 나를 치유하고 있음을 깨달았기 때문이다.

인간의 마음은 너무 복잡해서 상처가 많이 나아졌다 싶으면 어느새 또 재발하고, 엉뚱한 곳에서 트라우마가 다시 엄습하여 간신히 다잡은 마음이 단 한 번의 충격에 흐트러지기도 한다. 나는 문학작품을 읽고 낭독하고 해석하는 작업을 20년간 해오면서 인간은 매일 적극적인 치유가 필요한 존재임을 깨달았다. 매일 한 페이지만이라도 읽고 낭독한다면 우리 삶은 분명 나아질 것이다. 집요하게 속닥이는 소리, 포기하지 않고 우리를 향해 속삭이는 소리, 우리에게 단 한 번 주어질 뿐인 삶의 소중함을 이야기하는 소리, 지겹고 지루한 일상 속에 낭독이라는 이름의 축제가 감추어져 있음을 속삭이는 소리. 그 낭독의 소리 덕분에 나는 매일 치유되고, 매일 굳세게 다시 일어서고, 매일 힘겨운 오늘을 버텨낼 힘을 얻는다. 언어의 기원은 '문자'가 아니라 '말'이었으니. 우리는 말을 통해 위로받고 말을 통해 서로를 향한 사랑에 빠지는 본성을 영원히 버리지 못할 것이니.

프랑스 남부의 휴양도시 니스에서 살아 있는 전기수를 만났다. 더구나 이 전기수들은 젊다. 한 사람은 책을 소리 내어 읽어주고, 한 사람은 묘기를 부리며 아름다운 듀오를 이루었다. 그 흔한 휴대폰도 없이 오직 아날로그적인 세계의 소박한 만족만으로도 지극히 행복해 보였다. 무엇이 되어야 한다는 강박 없이, 무엇을 이루어야 한다는 부담도 없이 그저 소담스러운 이야기를 소리 내어 읽어주며 여행자들에게 동전을 받는 것만으로도 그들은 눈부시게 충만해 보였다.

가장 사랑하는 것을 놓아주는 용기

《칠드런 액트》

놓아줄 수 없는 어떤 사람을 놓아주어야만 할 때가 있었다. 그때 나는 어렸고, 게다가 나는 절대 어리지 않다고 스스로 믿었기에 더욱 어리석었다. 휘몰아치는 감정과 냉혹한 현실의 머나먼 간극을 조절하는 법을 몰랐다. 나는 모든 면에서 조숙하다 못해 조로해 버린 척 연기했지만 사실은 한 번도 제대로 이별의 고통을 견뎌본 적이 없는 어린아이나 마찬가지였다. 필사적으로 그를 놓아주려고 했지만 한 가닥 남은 미련의 밧줄이 도무지 끊어지지 않았다. 이성적으로는 우리가 어울리지 않는 사람들이라는 것을 알았지만 아침에 일어날 때마다 마치 도저히 깨어

날 수 없는 숙취처럼 덮쳐오는 그리움을 떨쳐내지 못했다.

아침엔 '절대 전화하지 말자!' 다짐하고는 저녁엔 엄마 잃은 어린아이처럼 거의 패닉 상태가 되어 전화를 찾았다. '제대로 시작하기도 전에 우린 끝났구나'라는 현실을 어김없이 마주하면서도, 바보 같은 기다림과 희망 없는 설렘을 멈추지 못했다. 그에게 위로와 용기를 전하는 아름다운 문장을 수십 번 되뇌고도 막상 전화벨이 울리면 시답잖은 농담을 주고받으며 나의 용기 없음에 절망했다. 나를 버리지 말라고 매달릴 용기도 없었고, 영원한 작별을 고할 용기도 없었다. 내 안에서 아름다운 사랑의 말들은 레고 블록처럼 정교하게 조립되었다가 전화벨이 울리는 순간 폭격 맞은 건물처럼 허물어졌다.

다시는 기억하기 싫은 이 아픔의 시간을 새삼 떠올리게 만든 것은 릴케의 문장이었다. 라이너 마리아 릴케는 〈벗을 위한 레퀴엠〉이라는 시에서 이렇게 속삭인다. 사랑하는 이들이 연습할 것은 하나뿐이라고, 그것은 서로를 놓아주는 일이라고. 서로를 붙잡는 것은 당연히 쉬운 일이니 굳이 배울 필요가 없기에. 이 문장을 편지지 위에 또박또박 손글씨로 적어, 어쩔 줄 모르던 내 아픔의 시간 속으로 보내고 싶었다. 그때 이 문장을 봤다면, 그때 이 시를 알았더라면 나는 좀 더 힘을 내어 용감하게 그를 보내주지 않았을까. 나 자신을 무너뜨리지 않고, 스스로를 미워하지 않고, 사랑을 간직한 채 누군가를 놓아주는 법을 그때는 몰랐다. 다행히 이제는 안다. 생살을 찢어 도려내는 듯한 이별의 체험, 그리고 수많은 문학작품의 힘을 빌려 어렵게 깨친 진실이다. 나는 이제야 안다. 나를 파괴하지 않고 누군가를 온전히 놓아주는 법을. 오늘이 마지막인 것처럼 사랑하고, 그 아픈 사랑을 간직한 채 당신을 영원히 놓아주는 법을.

이런 '놓아주기의 피할 수 없는 아픔'을 속삭이는 아름다운 소설을 만났다. 이언 매큐언의《칠드런 액트》다. 한동안 이 소설의 주인공 애덤 헨리라는 열일곱 살 소년을 내 마음속에서 놓아주지 못했다. 해맑은 영혼을 지닌 소년이 절대로 가질 수 없는 사랑 때문에 고통받고 있다. 백혈병에 걸린 애덤은 종교적 신념 때문에 수혈을 거부한다. 타인의 피와 나의 피가 섞여서는 안 된다는 교리는 애덤의 목숨을 위협하고, 애덤을 살리려 분투하는 담당 의사는 법원 명령을 통해 강제 수혈을 이행하려 한다. 판사 피오나 메이는 이 사건을 맡아 갈림길에 선다. 아이의 종교적 신념을 지킬 것인가, 아니면 아이의 생명을 지킬 것인가.

지금까지 피오나의 이력은 흠잡을 데 없었다. 피오나의 판결문은 아름답고 시적이라 동료 판사들은 물론 대법원장에게도 찬탄의 대상이 되었다. "신과 같은 거리 두기야. 악마 같은 이해력이야. 그런데 여전히 아름답단 말이지." 신과 같은 거리 두기, 악마 같은 이해력, 그러나 여전히 아름다운 것. 이는 문학이 갖추어야 할 세 가지 요소처럼 들린다. 범속한 인간의 관점이 아닌 신과 같은 초월적인 시선으로 타인의 고통을 관찰하는 힘, 작가가 자신의 성별과 계급과 환경을 뛰어넘어 전혀 공통점이 없는 존재까지 이해하고 공감하는 능력, 그리고 아름답고 생동감 넘치는 형상화의 힘. 그것이 잊을 수 없는 감동을 전해준 문학작품들의 공통적인 매혹이 아니었을까.

그런데 피오나의 신과 같은 거리 두기와 악마와 같은 이해력이 위협받게 되었다. 애덤을 향한 판결이 그 결정적인 계기가 된다. 피오나는 매우 이례적인 결정을 내린다. 판결을 하기 전 병원에 누워 죽음을 기다리는 소년을 직접 만나기로 한 것이다. 석 달 후면 성년이 될 아이가 과연 주어진 모든 선택지를 완전히 이해하고 있는지 직접 확인하고 싶었다. 이미 애덤은 언론의 뜨거운 주목을 받았고, 자신을 순교자나 영웅처럼 생각하고 있었다. 종교적 신념 때문에 수혈을 거부하고 오직 장엄하고도 영웅적인 순교자로서 운명을 담담히 받아들이겠다는 애덤을 바라보며, 피오나는 충격을 받는다. 하지만 애덤의 음악에 대한 열정, 글쓰기 재능, 다가오는 삶과 사랑을 향한 순수한 호기심 또한 포착해 낸다. 피오나는 〈버드나무 정원을 지나〉를 연주하는 애덤의 바이올린에 맞추어 예이츠의 아름다운 시를 노래한다.

강변의 들판에 내 사랑과 나는 서 있었지.

기울어진 내 어깨에 그녀가 눈처럼 흰 손을 얹었네.
강둑에 풀이 자라듯 인생을 편히 받아들이라고 그녀는
말했지.
하지만 나는 젊고 어리석었기에 이제야 눈물 흘리네.

애덤은 피오나의 해맑은 음성, 풍부한 감수성, 방대한 지식, 다정한 몸짓 하나하나에 매혹된다. 그 만남은 짧았지만 애덤의 인생을 바꾼다. 아직 종교의 울타리를 벗어나 바깥세상을 충분히 체험하지 못한 순진한 소년이 피오나에게 열정적인 사랑을 느낀다. 소년은 처음으로 인생의 뿌리를 송두리째 뒤흔드는 사랑의 감정을 느낀 것이다. 아직 그 사실을 모르는 피오나는 아이의 복지를 최선의 가치로 삼은 판결을 내린다.

"A의 복지에 더 도움이 되는 것은 시에 대한 사랑, 새롭게 발견한 바이올린에 대한 열정, 활발한 사고력 발휘와 장난기 많고 다정한 본성의 표현이며, 그리고 아이 앞에 펼쳐질 모든 삶과 사랑입니다. … A는 그의 종교로부터, 그리고 자기 자신으로부터 보호받아야 합니다. … 본 판결에서 A의 존엄성보다 소중한 것은 A의 생명입니다."

그리스 신화에서 정의의 여신 디케는 눈을 가리고 있다. 한 손에는 칼, 한 손에는 저울을 든 정의의 여신에게서는 눈에 보이는 것들에 현혹되지 않고 오직 진실과 정의의 이름으로 판결하겠다는 의지가 느껴진다. 하지만 이 진실과 정의 또한 삶이라는 소용돌이 속에서는 얼마나 복잡한가. 문학은 그 복잡하고 미묘한 삶의 피할 수 없는 아름다움 속으로 우리를 초대한다.

마침내 판결에 따라 수혈받고 건강을 회복한 애덤은 이제 종교가 아닌 사랑을 향한 열정을 불태우기 시작한다. 애덤은 피오나를 통해 지금까지 한 번도 경험하지 못한 생의 아름다움을 향한 강렬한 충동을 느낀다. 피오나의 출장지 뉴캐슬까지 따라와 하숙생이라도 좋으니 제발 함께 지내게 해달라고 애원하지만 피오나는 들어줄 수 없다. 피오나가 단호하게 돌려보내며 볼에 작별의 입맞춤을 하려는데 애덤이 고개를 돌려 키스를 한다. "한순간의 접촉이지만 키스의 개념을 넘어서는 것, 어머니가 장성한 아들에게 하는 입맞춤을 넘어서는 것이었다." 지극히 짧은 순간이지만 어쩌면 두 사람이 평생 살아온 시간을 고스란히 압축한 듯한 입맞춤. 이 세상에서 허락받을 수 없는 한 소년의 불가능한 사랑이 단 한 번의 가능성으로 불타오르는 시간. 그 찰나의 순간에 담긴 영원의 다짐을 피오나는 이해했을 것이다. 피오나는 애덤의 사랑을 받아줄 수 없지만 그 순간 애덤은 소년에서 남자로 변신한다.

그러나 애덤은 피오나를 놓아주어야만 한다. 이 결코 포기할 수 없는 사랑을 향한 비극적인 놓아줌이 《칠드런 액트》의 뒷이야기다. 내가 소설 속 주인공에게 다가가 술 한잔 사줄 수 있다면, 사랑스러운 소년 애덤에게 이야기해 주고 싶다. 애덤, 이제 그 사람을, 네가 가장 사랑하는 그 사람을 부디 놓아주렴. 이별조차 사랑이라는 거대한 책의 어엿한 한 페이지로 만들어보렴. 이제 모든 슬픔을 여기 놓아두고 한없이 커다란 네 꿈을 향해 날아가렴. 단 한 번 사랑하고 평생을 그리워할지라도, 단 한 번 사랑하고 다시는 그런 사랑에 빠질 수 없을지라도. 사랑은 우리에게 때로 삶 자체보다 더 커다랗고 깊은 무언가를 가르쳐준다. 먼 옛날 내가 놓아준 그 사람에게도 뒤늦은 감사의 마음을 표현하고 싶다. 내게 이별마저 사랑의 표현임을 가르쳐주어서 고맙다고. 사랑을 간직한 채 이별할 수 있어서, 당신과의 모든 순간은 끝내 아름다웠다고. 이제 나는 안다. 온 힘을 다해 사랑하기에 온 힘을 다해 놓아줄 수 있음을.

탱고는 놓아주기와 포옹의 연속이다. 포옹할 때도 헤어질 준비가 되어 있고, 헤어졌을 때도 다시 포옹할 준비가 되어 있다. 마치 온몸이 당김음처럼 팽팽하게 탄력 넘치는 탱고의 움직임을 보고 있으면, 포옹과 이별은 본래부터 하나 같다. 가장 사랑하는 존재를 저토록 자유롭게 놓아줄 수 있다니.

우리는 '상황'을 뛰어넘어 '존재'할 수 있는가

《신데렐라》

여기선 아무도 날 모르겠지 방심하며 세수도 안 하고 머리도 감지 않은 채 집을 나선 어느 날 누군가 "작가님, 정여울 작가님!" 하고 다급하게 부르는 소리에 대경실색한 적이 있다. 그런데 마스크를 쓴 얼굴을 한참 쳐다보아도 도저히 누군지 알 수가 없었다.

"작가님, 저예요. 며칠 전에 봤는데 모르시겠어요?"

"아, 마스크를 쓰셔서 못 알아봤어요."

나와 매주 한 번씩 라디오 심야방송을 함께하는 PD였다. 소중한 사람을 알아보지 못했다는 자책감에 괴로웠는데 생각해 보니 마스크 때문만은 아니었다. '상황'과 '사람'을 무의식적으로 연결 짓는 익숙한 감각 때문이었다. 항상 심야방송 스튜디오 안에서만 본 탓에 대낮에 야외에서는 알아보지 못했다. 특정 시간과 장소에서만 고정으로 만나는 사람이라, 상황이 바뀌자 얼굴을 알아볼 수 없었다. 게다가 아무도 날 모를 거라는 생각으로 서둘러 그곳을 지나치면서 주의력은 더욱 약해졌다. 일할 때만 만나던 우리는 어디까지나 특정한 '상황'에서 서로를 인식하는 존재라는 것을 깜빡했다.

'상황'이 바뀌면 존재 자체를 못 알아보는 인간의 취약성은 전 인류의 머릿속에 각인된 오래된 동화《신데렐라》에도 있다. 계모의 부당한 대우와 일상적인 모욕을 받아들이며 묵묵히 허드렛일을 할 때 신데렐라는 빛나 보이기는커녕 초라하고 힘없는 존재였다. 그런데 재투성이 소녀가 요정의 도움을 받아 호화로운 옷을 떨쳐입고 눈부신 모습으로 나타나자 계모와 두 딸마저 신데렐라를 전혀 알아보지 못한다. 화려하고 아름다운 숙녀가 설마 그들이 매일 부엌데기로 부리며 괴롭히는 신데렐라일 거라고는 미처 생각할 수 없었다. 대연회에서 멋진 춤을 춘 뒤 신데렐라에게 푹 빠진 왕자도 상황이 바뀌자 운명의 짝을 알아보지 못한다. 그토록 찾아 헤매던 신비의 여인이 바로 눈앞에 있는데도, 재투성이 신데렐라, 부엌데기 신데렐라인 '상황'에서는 그를 알아보지 못한다.

어린 시절 이 동화를 읽고 '왕자가 참 몹쓸 남자일세!' 하며 실망감에 치를 떨었다. 드레스 좀 떨쳐입었다고 얼씨구나 좋아하고, 재투성이 신데렐라는 못 알아보다니. 진짜 사랑이라면 상대가 고통받고 있을 때 가장 먼저 그 아픔을 알아봐야 하지 않나. 드레스 좀 못 입었다고 얼굴조차 못 알아보는 왕자의 얄팍한 마음이 과연 진짜 사랑일까. 하지만 '상황'을 벗어나서는 '존재'의 진가를 알아보지 못하는 일들이 끝없이 되풀이되는 현실에 적응한 어른이 되고 나니, 신데렐라를 알아보지 못한 왕자의 어리석음이 이해되었다. 그것은 왕자의 특별한 어리석음이 아니라 인류의 본질적인 약점이었다. 장 폴 사르트르는 우리가 어디까지나 '상황' 속에서 거주하는 존재임을 잊지 말아야 한다고 말했다. 때로는 우리가 처한 상황과 우리 자신을 구별할 수 없기 때문이다.

원본《신데렐라》에는 있지만 어린이용으로 각색한《신데렐라》에는 흔히 생략되는 장면이 있다. 아버지가 친딸 신데렐라의 가치를 정면으로 부정하는 장면이다. 왕자가 신데렐라가 떨어뜨린 황금 구두 한 짝을 들고 다니며 구두의 주인을 찾아 헤매다 마침내 신데렐라의 집에 당도했을 때 아버지는 말한다. "저 아이는 분명히 당신이 찾는 그 여인이 아닐 거요." 부엌데기이자 천덕꾸러기 대접을 받는 딸에게 미안해하기는커녕 딸이 그렇게 훌륭한 신붓감일 리가 없다고 선언하는 아버지의 확신이 충격적이다. 볼품없는 신데렐라의 '상황'은 아버지와 계모와 두 딸의 합작품이 아닌가. 계모의 악행을 전혀 막지 못하고 방조하거나 은닉한 아버지의 책임이 크다. 현대사회의 기준으로 보면 이는 아동학대다. 학대당하는 아이들의 곁에는 '학대하는 어른'만 있지 않다. '학대를 알면서도 방치하는 또 다른 어른'이 반드시 있다. 신데렐라는 어린 시절부터 착취당하고, 미움받고, 아무에게도 보호받지 못하는 존재였다. 그런 상황에서 왕자는 신데렐라의 숨겨진 빛을 알아보기가 더 어려웠을 것이다. 이 이야기 속에서 열악한 '상황'에 갇혀 있는 신데렐라의 숨겨진 빛을 이끌어줄 사람이 현실에는 존재하지 않는 요정뿐이라는 점이 가슴 아프다. 만약 요정이 나타나지 않았더라면, 정녕 신데렐라는 자신을 구할 방법을 찾지 못했을까. 나는 차라리 신데렐라가 왕자와 결혼하지 않기를, 그 무시무시한 학대의 감옥인 집을 탈출하여 자신만의 운명을 개척하는 용감한 모험의 주인공이 되어주기를 꿈꾼다.

돌이켜 보면 상황의 열악함과 존재의 위대함 사이의 끝없는 줄다리기, 그것은 문학의 오랜 주제였다. 위대한 존재들은 파란만장한 희비극 속에서 끝내 빛을 발한다. 돈키호테는 영웅적 모험을 한답시고 풍차를 괴물로 오해하여 말을 타고 거대한 풍차와 한판 대결을 벌임으로써 '투쟁이 없는 평화로운 현실'을

'오직 투쟁밖에는 살길이 없는 위대한 영웅의 현실'로 뒤바꾼다. 자기 자신도 건사하지 못하면서 돈키호테는 고통받는 타인을 구하는 모험에 반드시 가장 먼저 앞장서다가 걸핏하면 다치고, 넘어지고, 망신당한다. 하지만 상황이 열악해질수록 그의 턱없는 순수는 더욱 빛이 난다. 《변신》에서 벌레로 변해버린 일중독 영업 사원 그레고르는 자기를 오래오래 착취해 온 아버지가 던진 사과에 등짝을 얻어맞고 죽어가지만, 나에게는 한때 음악을 사랑했던 영원히 눈부신 청년으로 기억된다. 가혹한 상황을 뛰어넘어 존재의 찬란한 빛을 이끌어내는 사람, 그런 사람이 영원히 기억되는 이야기의 주인공들이다.

때로는 이토록 불리한 상황을 힘겹게 뛰어넘지 않아도 존재와 상황이 행복하게 어우러지는 기적 같은 순간이 있다. 얼마 전 이규보의 한시 〈영정중월詠井中月〉을 읽다가 '상황'과 '존재'를 항상 분리해서 생각하는 내 어리석음을 깨달았다.

달빛이 너무 탐나
물을 길러 갔다가 달도 함께 담았네.
돌아와서야 응당 깨달았네.
물을 비우면 달빛도 사라진다는 것을.

그날 탐스러운 달빛을 받은 물빛의 아름다움은 '달빛과 물이 함께 있는 상황'에서만 찬란하게 빛날 수 있었다. 달빛이 비치는 물을 비우면 달빛도 사라지듯이 상황을 떠나서는 무엇도 홀로 존재하지 못함을 나는 자꾸 잊는다. 이규보는 상황과 존재가 완벽한 일치를 이루는 순간을 아름답게 포착했다. 그 상황에서 그 존재를 떼어낼 수 없고, 그 존재를 그 상황에서 분리할 수도 없다. 오직 그날 밤 그 달빛 그 물빛의 유일무이한 아름다움 속에서 잉태된 찬란한 시어들은 수백 년의 간극을 뛰어넘어 우리에게 고스란히 감동의 물결을 전해준다.

신데렐라는 상황에 일희일비하고, 이규보의 달빛은 상황과 조화를 이룬다면, 헨리 데이비드 소로는 어떤 상황에서도 흔들리지 않는 존재의 아름다움을 본다. 〈야생사과〉라는 독창적인 에세이를 쓰면서 헨리 데이비드 소로는 들판에 굴러다니는 울퉁불퉁한 사과 한 알에서 위대한 세계의 탄생을 보았다. 길에서 주운 울퉁불퉁한 사과의 향기를 맡으며 소로는 인류의 역사를 찬찬히 되짚어 본다. 돈을 주고 사지 않아도 되는 사과, 훔치지 않아도 야생의 들판에서 얼마든지 구할 수 있는 사과에서 그는 무엇과도 바꿀 수 없는 감동을 느꼈다. 사과가 상품이 되어 시장에 나가는 순간 천상의 맛과 향으로 존재의 빛을 뿜어내는 사과의 아우라는 사라진다. 가난한 소로에게 지천에 널린 야생사과는 늘 반갑고 고마운 식량이었으며 동시에 '무엇이든 상품으로 만들어 파는 인간의 본성'을 비판적으로 사유하게 만드는 영감의 뮤즈였다. 왜 인간은 자연이 무료로 선물하는 모든 것을 '돈'으로 환산하여 사고파는가. 왜 우리는 자연이 커다란 사랑으로 선물하는 향기로운 열매가 지닌 진정한 가치를 알아보지 못하는가.

소로는 농부의 손을 떠나 시장에서 사고팔리는 '상품으로서의 사과'가 자신이 산책길에 매번 수북이 담아 오는 '야생사과'와 전혀 다른 존재임을 알아본다. 야생사과의 진정한 가치는 그 향기와 빛깔을 비롯한 존재 자체의 아름다움을 올올이 느끼는 영혼을 통해서만 말을 건다. 돈으로 매길 수 있는 가치에 연연하면서 자연이 창조해 내는 모든 생물이 내뿜는 매 순간의 위대함을 포착하지 못하는 현대인들. 우리는 상황의 마법에 걸려 존재의 가치를 끝내 발견하지 못하는 오랜 습성으로부터 스스로를 해방시켜야 하지 않을까. 어떤 상황에서도 존재의 빛을 잃지 않는 사람, 온 세상의 강물을 다 퍼부어도 결코 꺼지지 않는 존재의 불꽃을 간직한 사람. 그런 위대한 사람들의 향기로운 투쟁을 나는 매일매일 문학의 공간에서 발견한다. 불리한 상황을 뛰어넘어 그럼에도 불구하고 찬란하게 빛나는 존재의 위대함을 끌어내는 것, 그것이 바로 문학이기에.

뮌헨의 브리티시 가든에서 나는 전혜린을 생각했다. 법학도의 안정된 미래를 포기하고 혈혈단신 독일로 유학을 떠나 '아시아 여학생이 뮌헨에 딱 한 명'이었던 시절 그 유일한 아시아 여학생으로 살았던 전혜린. 그녀는 자신에게 주어진 상황에 만족할 수 없었다. 그녀는 언제 어디서나 주어진 상황을 뛰어넘어 '오직, 당당한 나'로서 존재했다. 아무에게도 자신의 정체성을 이해받지 못한 뮌헨에서 그녀는 훌륭한 번역가로, 뛰어난 작가로 다시 태어나고 있었다.

결코 가닿을 수 없는 것들에 대한 그리움

《오디세이아》

드러난 주인공보다 숨은 조연의 삶이 더욱 궁금해질 때가 있다. 오랫동안 스토리텔링의 주체는 늘 힘 있는 자들의 몫이었기에. 가슴속 사연이 산더미인데 한 번도 마이크를 쥐어보지 못한 사람들이 얼마나 많았을까. 예컨대 《오디세이아》의 명실상부한 주인공은 온갖 기지를 발휘하여 장애물을 물리치며 끝내 집으로 돌아오는 오디세우스이지만, 나는 이 이야기의 숨은 주인공 페넬로페의 삶이 늘 궁금했다. 얼마나 두려웠을까. 얼마나 외로웠을까. 그리고 얼마나 그리웠을까. 얼마나 밉고, 억울하고, 울화통이 터졌을까. 작품에는 페넬로페의 복잡한 감정 묘사가 전혀 없다. 그러나 그녀는 결코 수동적이고 고분고분한 아내는 아니다. 오디세우스가 돌아왔을 때 정말 남편이 맞는지 가장 의심스러운 눈길로 집요하게 관찰한 사람, 결정적인 증거가 나올 때까지 끝까지 믿지 못했던 사람도 페넬로페이기 때문이다.

오디세우스의 이야기는 모험과 승리의 역사이지만 페넬로페의 이야기는 기다림과 그리움과 견뎌냄의 역사다. 미치도록 불공평하다. 페넬로페에게는 처음부터 자유가 없었다. 내 마음대로 살 권리도, 결혼하지 않을 권리도, 남편을 향한 기다림을 포기할 권리도 없었다. 그런데《오디세이아》를 다시 읽으며 나는 '페넬로페의 숨은 이야기'를 짐작하게 하는 강력한 상징에 마음을 빼앗겼다. 이야기는 '언어'로만이 아니라 '사물'로도 남기 때문이다. 그것은 페넬로페가 구혼자들을 물리치기 위해 짜고 있던 수의였다. 돌아오지 않는 오디세우스를 기다리며 페넬로페는 수많은 구혼자를 물리치기 위해 "시아버지의 수의를 완성한 뒤 남편감을 결정하겠다"라는 영리한 핑계를 댄다. 나는 못내 궁금했다. 낮에는 수의를 짜고 밤마다 그 수의를 몰래 풀어내며 결정의 시간을 유예하는 페넬로페의 가슴속에는 과연 어떤 숨은 이야기들이 굽이치고 있었을까.

호메로스의《오디세이아》에서 페넬로페는 매우 중요하지만 어쩔 수 없이 조연에 그칠 수밖에 없는, 중심과 주변 사이를 위태롭게 서성이는 인물이다.《오디세이아》의 주요 서사는 역시 집을 떠난 오디세우스가 온갖 괴물과 싸우며, 매력적인 여인들과 사랑에 빠지며 천신만고 끝에 집에 돌아오기까지의 험난한 과정이기 때문이다. 그러나 이야기는 표현된 언어 속에만 있는 것이 아니라 페넬로페가 매일 밤 한 올 한 올 풀어내는 옷감 속에도 숨어 있다. 우리가 궁금해하는 이 강인하고 매혹적인 여성의 이야기는 저 풀어 헤친 직물 속에 숨어 있다. 오죽하면 정성 들여 짠 옷을 밤마다 풀어서라도 다시는 결혼하지 않을 권리를 지키고 싶었겠는가. 전쟁터에 나간 남편은 10년 넘게 돌아오지 않고, 페넬로페의 가슴속에서는 기다림에 대한 믿음조차 사라졌을 것이다.

죽었는지 살았는지조차 모르는 남편, 한 여자의 재산과 육체를 노리고 경쟁적으로 구혼하며 난장판을 벌여 집 안에 진을 치고 있는 낯선 남자들, 아버지를 한 번도 본 적 없는 아들 텔레마코스가 하루하루 커가며 아버지를 애타게 그리워하는 모습. 이 모든 것이 페넬로페에게 깊은 절망을 안겨주었을 것이다. 페넬로페는 남편을 그리워만 한 것은 아닐지 모른다. 어쩌면 남편이 온갖 모험과 용기의 시험장으로 삼았던 그 거칠고 너른 '세상'이야말로 페넬로페가 진정으로 그리워한 대상이 아닐까. 평생 집 안에 갇혀 있다시피 살아온 우리의 페넬로페, 배낭여행은 시도조차 할 수 없었던 우리의 가여운 페넬로페. 그도 역시 모험이 그립고, 열정이 그립고, 무엇보다 단 하루라도 맘대로 살아볼 권리를 그리워한 것이 아닐까.

이런 마음으로 《오디세이아》를 읽고 있으면 한없이 간지러운 느낌, 어딘가 붕 뜬 느낌, 갑자기 어디론가 정처 없이 길을 떠나야 할 것만 같은 찬란한 설렘이 느껴지기 시작한다. 이제는 《오디세이아》를 불만 가득한 눈길로 읽기만 할 것이 아니라 우리 시대의 새로운 페넬로페 이야기를 내 손으로 쓰고 싶어 하는 나를 발견한다. 답답하게 남편을 기다리기만 하는 페넬로페가 아니라 언젠가 지긋지긋한 수의를 찢어발기고 당당히 떨쳐 일어나 자기만의 새로운 오디세이아를 찾아 떠나는 페넬로페를 꿈꾸게 된다.

그리하여 그리움은 과거를 향한 것만이 아니다. 나는 미래를 그리워한다. 내가 아직은 붙잡을 수 없는 미래, 그러나 언젠가 기필코 닿을 세계를 향한 그리움. 그것이 내 고단한 일상을 밀고 간다. 예컨대 어떤 책을 읽으면 잊고 살았던 친구의 얼굴이 미친 듯이 보고 싶어진다. 그런 책이 좋다. 간신히 억눌렀던 그리움을 끝내 폭발시켜 분출하게 만드는 책. 간신히 잊어버린 슬픔의 화약고를 마침내 폭파해 버리는 책. 읽고 나면 누군가가 너무 그리워 아무리 멀리 있어도 당장 모든 일을 접고 기어이 달려가게 만드는 책. 윤이형의 《붕대 감기》를 읽으며 그런 그리움을 느낀다. 그야말로 붕대를 감듯 여러 번 '돌려 감기'하여 다시 읽으면서 그리운 존재들을, 다시 만날 수 없는 사람들을, 그리워도 연락조차 못 하는 사람들을 떠올린다.

오랜 시간이 지나 인연이 끊긴 후에도, 이유를 정확히 모른 채 헤어지고 나서도 여전히 그립고 보고 싶은 친구가 있는가. 바로 그 친구야말로 내 결핍과 콤플렉스까지 보듬어 줄 진정한 소울메이트인지도 모른다. 《붕대 감기》는 온갖 서운하고 야속한 기억에도 불구하고 끝내 이 세상에서 나를 가장 잘 이해해 주는 친구를 향한 버릴 수 없는 우정의 참회록이다. 오해와 갈등과 질투로 얼룩진 과거마저 우리가 더 크고 깊어진 우정으로 끌어안아야만 할 어엿한 일부임을 깨닫게 된다. 수많은 차별과 혐오로 얼룩진 현대사회에서 엄마이자 딸이자 누이이자 이웃인 여성들이 서로를 향한 질시와 의심을 벗어던지고 뜨거운 연대로 서로의 손을 꼭 붙잡아야만 하는 이유. 그것은 내 아픔을 자기 아픔과 분리할 수 없는 친구, 내가 아프면 더 아파하며 눈물을 참지 못하는 친구야말로 우리의 상처를 뼛속 깊이 이해하고 공감하는 최고의 동지이기 때문이다. 이 책을 읽고 나면 그리운 친구의 얼굴이 미친 듯이 보고 싶어질 것이다. 그리고 그 그리움의 힘으로 무언가를 새로 시작해 보고 싶은 뜨거운 열정의 마그마를 발견할 것이다.

우리는 그리움의 불꽃을 틀어막은 채 난 당신이 절대 그립지 않다고 스스로를 세뇌하며 만날 수 없는 존재에 대한 그리움 따윈 마음속에 키우지 않을 거라고 다짐하지만, 매번 그리움의 해일이 밀려오면 또다시 고꾸라지고 만다. 《붕대 감기》를 읽으면, 나의 이 저주스러운 질병에 가까운 그리움조차 아름답게 느껴진다. 우리가 망가진 가슴을 부여안은 채 아직 살아가는 이유는, 상처가 전혀 낫지 않은 순간에도 여전히 꿋꿋하게 오늘을 살아내는 힘은, 그리운 사람들을 죽기 전에 한 번이라도 만날 수 있다는 희망임을 깨달았다.

끝내 이어지지 못한 인연, 끝내 만나지 못한 사람들은 '이야기의 주인공'이 된다. 그렇게 그들은 밤하늘의 별처럼 영원히 기억해야 할 존재가 된다. 필멸의 존재를 불멸의 존재로 만드는 이야기의 마법은 그렇게 탄생한다. 언젠가는 반드시 세상에서 사라져야 하는 우리를, 이야기 속에서 영원히 지워지지 않는 주인공으로 만드는 힘. 그것이 이야기의 힘, 소설의 힘, 문학의 힘이기 때문이다. 우리는 그리움 때문에 파괴될 수 있지만 그리움을 멈추고는 살아가지 못한다. 현실에서는 결코 닿을 수 없는 존재들에 대한 멈출 수 없는 그리움, 그것이야말로 우리 인생이라는 이야기의 불꽃이 탄생하는 지점이니까. 불멸의 주인공이란 우리가 포기하지 못하는 그리움을 불살라, 우리가 끝내 내려놓지 못한 슬픔을 온몸으로 불태워 하나의 눈부신 이야기가 되는 사람들이다.

여행이 끝나고 나면 비로소 또 다른 마음의 여행이 시작된다. 프랑스 여행을 마친 뒤 자꾸만 이 가족이 떠올랐다. 엄마 아빠가 아이의 사진을 찍는 것이 아니라 아이가 엄마 아빠의 사진을 찍는 장면이 참으로 어여뻤다. 뒤뚱거리며 카메라 앞으로 가서 더듬더듬 카메라를 만지며 앙증맞게 웃는 아이. 나는 오랫동안 이 장면을 그리워할 것이다. 그리워하다 보면 또 하나의 이야기가 탄생하지 않을까. 소중한 이야기가 탄생하는 순간은 우리가 무언가를 끈질기게 그리워해 왔음을 깨닫는 순간이니까.

문학이라는
몹쓸 병에 걸린 사람들

당신에게선 여전히 답장이 없네요. 하긴, 기대한 제가 어리석었습니다. 무릇 답장은 절대로 오지 않아야 제맛이라고 나 자신을 타이르며 오늘도 하루를 견뎠습니다. 요즘은 하루하루를 살아낸다기보다는 견디고 있습니다. 누가 나를 찌르지도 않는데, 누가 나를 상처 입히지도 않는데 이상하게 많이 아픈 요즘입니다. 아마 당신에게서 답장이 오지 않을 것임을 알면서도 끝없이 편지를 써야 하는 제 운명에 지쳤나 봅니다. 저는 운명에 진 것일까요. 눈을 감으면 운명에 KO패 당해 널브러진 제 모습이 저절로 떠오르는 요즘입니다. 답장이 오지 않음을 알면서도 끝없이 편지를 써야만 그나마 숨을 쉴 수 있는 저는 어쩌면 하이퍼그라피아(hypergraphia, 글쓰기 중독증) 같은 몹쓸 병에 걸린 것일까요. 누가 저를 맘먹고 찌르지도 않는데 이렇게 매 순간 아픈 이유는 제가 늘 들숨처럼 읽고 날숨처럼 뱉어내는 이 글쓰기, 이 문학이란 병이 저를 좀처럼 놓아주지 않기 때문입니다. 문학이라는 몹쓸 병에 걸린 한 저는 영원히 치유되지 못할 것만 같습니다.

저는 일상에서 무척 뛰어난 연기력을 발휘합니다. 돌쇠처럼 일한다, 궂은일도 가리지 않는다, 자존심도 없냐는 이야기를 듣습니다. 늘 괜찮은 척하는 데는 둘째가라면 서러울 정도의 연기력을 발휘하지요. 하지만 종일 우아한 사회생활을 하다가 지친 몸으로 밤늦게 작은 안식처로 돌아와 책을 펼치는 순간 눈물이 쏟아집니다. 이제야 나 자신으로 돌아온 것 같아서요. 문학작품 속에 들어가면 영원히 답장을 받지 못할 곳에 끝없이 편지질을 하는 또 하나의 나, 소설 속의 주인공들을 만납니다.

얼마 전에는 진 웹스터의 소설《키다리 아저씨》를 다시 읽으며 고아 소녀 주디가 바로 저와 비슷한 운명임을 깨달았습니다. 주디가 이름 모를 후원자 키다리 아저씨의 친필 편지를 받기 위해 몸부림치는 장면에서 눈을 떼지 못했습니다. 무려 4년간 고아 소녀의 절절한 편지를 받으면서 절대 답장을 보내지 않는 키다리 아저씨는 아무리 불러도 대답 없는 이 세상을 닮았습니다. 피도 눈물도 없는 키다리 아저씨는 제가 아무리 불러도 대답 없는 독자들, 제가 아무리 몸부림쳐도 바뀌지 않는 세상을 닮았습니다. 문학을 한다는 건 그렇게 바뀌지 않는 세상을 향해 포기하지 않고, 희망조차 내려놓은 채, 그럼에도 불구하고 문을 두드리는 일을 닮았습니다. 얼마나 기약 없는 몸짓인지, 얼마나 생산성 떨어지는 활동인지 알면서. 오늘도 멈추지 않는 이 그리움으로 내 남아 있는 모든 꿈을 모아 당신에게 편지를 씁니다. 내 남은 그리움, 내 남은 열정, 내가 미처 사랑하지 못한 나 자신까지 '당신'이라는 이름의 메타포에 담아서요. 눈치 빠른 당신은 이제 아셨을 겁니다. 제 모든 글은 당신에게 쓰는 편지라는 것을.

《키다리 아저씨》의 주디가 원하는 것은 화려한 선물이나 더 많은 용돈이 아니라 아저씨의 따스한 답장입니다. 그러나 키다리 아저씨는 도무지 정체를 밝히지 않죠. 사람의 따스한 온기, 정겨운 대화, 진심 어린 소통을 꿈꾸는 주디. 이런 주디에게 키다리 아저씨는 차가운 침묵으로 일관함으로써 여러 번 상처를 주지요. 물론 언젠가 키다리 아저씨의 정체는 밝혀지고, 모두 감탄해 마지않는 달콤한 해피엔딩이 기다릴지라도, 이상하게 제 마음속에는 '키다리 아저씨의 영원한 침묵'이 제게 남은 유일한 현실처럼 느껴집니다. 동화 같은 해피엔딩은 끝내 도달할 수 없는 환상이니까요. 한편으로는 '나에게 절대로 답장을 하지 않는 독자'에게 포기하지 않고 편지를 쓰는 일이야말로 문학의 본모습이 아닐까요. 한사코 답장하지 않는 독자에게 지치지 않고, 포기하지 않고 편지를 써야하는 것이 작가의 의무라고 생각하면, 키다리 아저씨의 기나긴 침묵은 어쩌면 주디에게 최고의 작가 수업이 되지 않았을까 하는 생각도 듭니다. 하지만 키다리 아저씨의 침묵은 너무 가혹해서, 주디는 편지를 쓰게 됩니다. 키다리 아저씨, 당신의 얼굴은 물론 이름조차 모르는 내가 무엇을 할 수 있겠냐고. 키다리 아저씨가 자신을 교육하는 이유는 애정이 아니라 오직 의무감 때문일 거라고. 키다리 아저씨는 주디의 편지를 읽지도 않고 휴지통에 버릴 거라고 말이지요. 상처받은 주디의 마음이 담뿍 느껴지는 이 부분을 읽다 보면 대답 없는 수신자에게 매일 편지를 써야만 하는 작가의 운명이 원망스러워집니다. 언젠가 나를 이해해 주기를, 언젠가 나의 말에 공감해 주기를 기대하며, 오늘도 펜대 하나로 이 무거운 세상 전체를 들어 올리는 느낌으로 사는 작가들이 얼마나 많을까요.

매일 절망을 견디는 쓰디쓴 인내가 저의 본질은 아닙니다. 저에게 사랑은 항상 절망보다 깊고, 크고, 너릅니다. 그래서 저는 자신의 우울과 복수심으로 사랑하는 모든 것을 파괴한 햄릿의 결말을 바꾸고 싶습니다. 죄 없는 오필리아를 끝내 비참한 죽음에 이르게 만든 햄릿의 증오를 결코 용서할 수 없습니다. 자신이 해결하지 못한 증오와 복수심을 자신을 가장 사랑하는 여성에게 투사하여 미치게 만든 햄릿의 무신경을 용서할 수 없습니다. 그에겐 자신을 사랑하는 사람보다 자신의 분노가 더 중요했습니다. 그런데《키다리 아저씨》의 주디는 저의 이런 뜨거운 분노를 싱그러운 유머와 위트로 위로하더군요. 주디는 햄릿의 연인 오필리아가 된다면 극의 흐름을 바꾸고 싶다고 고백합니다. 주디가 오필리아라면 늘 햄릿을 행복하게 해주고, 다정히 쓰다듬고, 때로는 꾸짖기도 할 거라고. 햄릿의 우울증을 말끔히 고치겠다고. 자신이 오필리아가 되어 햄릿의 우울증을 치료하고, 왕과 왕비는 바다 한가운데서 사고를 당하여 세상을 떠나게 될 거라고(물론 아무도 모르게!). 햄릿과 오필리아는 아무 문제 없이 덴마크를 훌륭하게 다스릴 거라고. 햄릿에게 통치를 맡기고 자신은 최고의 고아원을 설립하여, 키다리 아저씨가 방문한다면 기쁜 마음으로 구석구석 보여드리겠다고. 저는 이 대목을 읽으며 환하게 미소 지었습니다. 제 마음속 오필리아는 주디의 오필리아보다 훨씬 더 슬프고 비참한 얼굴이지만, 언젠가 오필리아의 조용한 사랑이 햄릿의 시끄러운 분노를 이기는 세상을 꿈꿉니다.

주디는 절대로 답장하지 않고 비서를 통해서만 사무적인 용건을 전달하는 키다리 아저씨를, 그럼에도 불구하고 진심으로 사랑합니다. 이름도 얼굴도 모르지만 그 키다리 아저씨 덕분에 처음으로 누군가에게 속해 있다고 느꼈기 때문이지요. 누군가 내 삶을 진심으로 응원하고 있다는 것. 그 사람이 이 세상에

단 한 명뿐이라도 그런 응원을 받아본 적 없는 주디에게 그것은 눈부신 기적이었기 때문입니다.

우리가 미처 위로하지 못한 모든 슬픔은 과연 어디로 가는 것일까요. 아무도 쓰다듬어 주지 못한 그 모든 상처는 대체 어디로 가는 것일까요. 그것은 아름다운 이야기가 되어 되돌아옵니다. 고통받는 사람들은 단지 피해자에 그치지 않고 '한사코, 그럼에도 불구하고 이야기를 하는 사람'이 되어 귀환해야 합니다. 저는 비로소 아름다운 이야기가 되어 다시 돌아온 사람들의 눈부신 비상을 믿는 사람입니다. 당신은 오늘도 미치지 않고는 도저히 견딜 수 없는 마음으로, 그럼에도 여전히 미치지 않은 척하면서 이 무시무시한 하루를 버티었겠지요. 내일도 답장을 보내지 않을 당신에게 내가 문학을 통해 수혈받은 모든 사랑과 희망의 언어들을 담뿍 담아 오늘도 변함없이 편지를 씁니다. 다행히 이제는 알아요. 당신이 온갖 핑계를 대며 답장을 해주지 않을 때조차 당신은 '나만이 쓸 수 있는 나의 이야기'가 불현듯 도착하기를 기다리고 있다는 것을. 그리하여 우리 이야기꾼들은 답장이 전혀 없는 그 모든 순간에도 한사코 침묵하는 독자들을 향하여 영원히 끝나지 않을 사랑의 편지를 씁니다. 작가란 어차피 답장을 받지 못할 줄 알면서도 끝없이 편지를 쓰는 사람들의 영원한 친구이니까요.

116

아기 때부터 나는 이야기를 좋아하는 아이였다고 한다. 도란도란 들려오는 어른들의 수다, 엄마가 읽어주는 동화책, 아빠가 불러주는 노래, 그 속에 담긴 모든 이야기의 향기에 매혹되었다. 나에게 문학은 배냇병이었나 보다. 나는 그저 문학 하는 사람이 되고 싶어 온몸이 간질거렸다. 쿠바 트리니다드의 어느 골목길에서 만난 사랑스러운 어머니의 품에 안긴 아기처럼, 엄마 목소리를 들으면 비로소 잠드는 아기처럼 나는 여전히 내 안에 이야기를 듣고 싶어 하는 어린이의 마음이 있음을 느낀다. 이야기만 있으면 다 괜찮을 것 같았다. 어디든 가고 싶었다. 아름다운 이야기가 있는 곳이라면.

참고한 책과 영화(언급순)

책머리에

루시 모드 몽고메리, 고정아 옮김, 《빨강 머리 앤》(윌북, 2019)

루이자 메이 올콧, 황소연 옮김, 《작은 아씨들》(비룡소, 2018)

프롤로그

헤르만 헤세, 전영애 옮김, 《데미안》(민음사, 2000)

파스칼 메르시어, 전은경 옮김, 《리스본행 야간열차》(들녘, 2014)

1부 | 다시 인생을 시작하려는 마음

소포클레스, 김기영 옮김, 《오이디푸스왕 외》(을유문화사, 2011)

도메 카루코스키 감독, 〈톨킨〉(2019)

아이스킬로스, 김종환 옮김, 《사슬에 묶인 프로메테우스》(지만지, 2019)

토머스 불핀치, 박중서 옮김, 《신화의 시대》(열린책들, 2022)

카우이 하트 헤밍스, 윤미나 옮김, 《디센던트》(책세상, 2014)

마이클 온다치, 박현주 옮김, 《잉글리시 페이션트》(그책, 2010)

2부 | 끝내 내 편이 되어주는 이야기들

제롬 데이비드 샐린저, 공경희 옮김, 《호밀밭의 파수꾼》(민음사, 2001)

안드레 애치먼, 정지현 옮김, 《그해, 여름 손님》(도서출판잔, 2017)

라이너 쿤체, 전영애·박세인 옮김, 〈한잔 재스민 차에의 초대〉, 《은엉겅퀴》(봄날의책, 2022)

오비디우스, 천병희 옮김, 《변신 이야기》(도서출판숲, 2017)

카를 마르크스·프리드리히 엥겔스, 이병창 옮김, 《독일 이데올로기 1》(먼빛으로, 2019)

테드 창, 김상훈 옮김, 〈네 인생의 이야기〉, 《당신 인생의 이야기》(엘리, 2016)

J. D. 밴스, 김보람 옮김, 《힐빌리의 노래》(흐름출판, 2017)

3부 | 내가 꿈꾸던 어른은 어디로 갔을까

오스카 와일드, 원재길 옮김, 《행복한 왕자》(비룡소, 2013)

사라 코랑겔로 감독, 〈나의 작은 시인에게〉(2019)

캐서린 맨스필드, 한은경 옮김, 《가든파티》(펭귄클래식코리아, 2011)

최윤, 〈소유의 문법〉, 《소유의 문법》(생각정거장, 2020)
권여선, 〈손톱〉, 《아직 멀었다는 말》(문학동네, 2020)
메리 셸리, 김선형 옮김, 《프랑켄슈타인》(문학동네, 2012)
버지니아 울프, 최애리 옮김, 《댈러웨이 부인》(열린책들, 2009)
켄 리우, 장성주 옮김, 〈종이 동물원〉, 《종이 동물원》(황금가지, 2018)
정아은, 《당신이 집에서 논다는 거짓말》(천년의상상, 2020)

4부 | 내 안의 외계어를 지키는 일

진 리스, 윤정길 옮김, 《광막한 사르가소 바다》(펭귄클래식코리아, 2008)
샬럿 브론테, 류경희 옮김, 《제인 에어》(펭귄클래식코리아, 2010)
조지 버나드 쇼, 김소임 옮김, 《피그말리온》(열린책들, 2011)
김시습, 김경미 옮김, 〈이생규장전〉, 《금오신화》(펭귄클래식코리아, 2009)
귀스타브 플로베르, 김화영 옮김, 《마담 보바리》(민음사, 2000)
김석출 구연, 이경하 옮김, 《바리데기》(돌베개, 2019)

5부 | 잃어버린 모모의 시간을 찾아서

미하엘 엔데, 한미희 옮김, 《모모》(비룡소, 1999)
니콜 크라우스, 민은영 옮김, 《사랑의 역사》(문학동네, 2020)
윤이형, 〈작은마음동호회〉, 《작은마음동호회》(문학동네, 2019)
오드리 로드, 주해연·박미선 옮김, 《시스터 아웃사이더》(후마니타스, 2018)
장은진, 〈외진 곳〉, 《당신의 외진 곳》(민음사, 2020)
최은미, 《아홉번째 파도》(문학동네, 2017)
이언 매큐언, 민은영 옮김, 《칠드런 액트》(한겨레출판, 2015)
샤를 페로, 이다희 옮김, 《신데렐라》(비룡소, 2007)
강명관, 《조선시대 책과 지식의 역사》(천년의상상, 2014)
헨리 데이비드 소로, 강승영 옮김, 〈야생사과〉, 《시민의 불복종》(은행나무, 2017)
호메로스, 천병희 옮김, 《오디세이아》(도서출판숲, 2015)
윤이형, 《붕대 감기》(작가정신, 2020)

에필로그

진 웹스터, 공경희 옮김, 《키다리 아저씨》(비룡소, 2004)

문학이 필요한 시간

초판 1쇄 발행 2023년 1월 5일
초판 5쇄 인쇄 2023년 8월 25일

지은이 정여울
펴낸이 이상훈
문학팀 최해경 김다인 하상민
마케팅 김한성 조재성 박신영 김효진 김애린 오민정

펴낸곳 ㈜한겨레엔 www.hanibook.co.kr
등록 2006년 1월 4일 제313-2006-00003호
주소 서울시 마포구 창전로 70(신수동) 화수목빌딩 5층
전화 02) 6383-1602~3 팩스 02) 6383-1610
대표메일 munhak@hanien.co.kr

ISBN 979-11-6040-938-3 03810

· 책값은 뒤표지에 있습니다.
· 파본은 구입하신 서점에서 바꾸어 드립니다.